피아노 치는 할머니가 될래

ROGO TO PIANO

피아노 치는 할머니가 될래

인생 후반전에 만난
피아노를 향한 세레나데

老後とピアノ　　이나가키 에미코 지음　　박정임 옮김

RHK
알에이치코리아

한국 독자를 위한 서문

7년 전, 50살이 되던 해에 회사를 그만두면서 안정적인 삶을 내팽개치고 나만의 새로운 삶으로 뛰어든 과정을 책으로 펴냈습니다. 그 책이 한국에서도 뜻밖의 큰 호응을 얻어 그 이후 한국은 제게 무척이나 친근한 나라가 되었습니다. 사랑하는 한국 독자 여러분, 잘 지내셨습니까?

변함없이 치열한 경쟁사회, 그리고 팬데믹과 전쟁이라는 생각지도 못한 재앙이 연이어 찾아오는 중에 여러분은 무탈하신지요.

저는 여전히 혼자입니다만 괜찮습니다. 회사원일 때보다 훨씬 잘 지내고 있습니다. 무엇보다 혼자가 되면 다양한 만남이 생깁니다. 돌아보면 회사원 시절에 만난 사람은 이러니저러니 해 봐야 회사 사람뿐이었는데 지금은 다릅니다. 모든 만남을 솔직하게 있는 그대로 받아들일 수 있게 되었고, 지금 이 순간에도 곁에 엄청난 보물이 묻혀 있다는 사실을 깨달았습니다.

그렇게 만나게 된 것 중 하나가 피아노였습니다.

피아노는 초등학생 때 시작했지만 지루한 연습과 무서운 선생님을 견디지 못하고 때려치운 뒤, 다시 레슨을 시작한 것은 그로부터 40년 만입니다. 처음에는 회사를 그만둬서 시간도 있으니 성실하게만 하면 잘 치게 되겠거니 했는데 앞으로 이 책을 읽으면 알 수 있듯이 피아노는 그렇게 만만한 상대가 아니었습니다. 더구나 사람들 앞에서 연주를 하고 멋지다는 칭찬을 받는 건 정말 꿈같이 아득한 일이었죠. 이제나저제나 오로지 연습뿐이었습니다. 그 끝에 무엇이 기다리고 있을지는 지금도 전혀 모릅니다. 어쩌면 아무것도 없을지 모릅니다.

하지만 그렇다고 해도 저는 아무런 불만도 없을 뿐더러, 그런 목적 없는 삶을 즐기고 있습니다.

일본이든 한국이든 우리가 살면서 힘든 이유는 결국 타인의 평가에 얽매이기 때문이 아닐까요. 그래서 아무리 힘들어도 지금 손에 쥐고 있는 지위나 돈을 놓지 못하고, 그렇게까지 아등바등해도 언젠가는 찾아올 '노후'를 두려워합니다.

심신이 쇠약해져 사회의 짐이 되는 게 무엇보다 두려운 일이
죠. 하지만 이 나이에 다시 시작한 피아노는 그런 보잘것없
는 가치관을 순식간에 무너뜨렸습니다. 왜냐하면 평가고 뭐
고 간에 이만큼 비효율적이고 조금도 발전 없는 일이 세상
에 그리 많지 않기 때문입니다. 그래도 저는 여전히 피아노
가 좋습니다. 오히려 매일 적어도 2시간 동안 갖는 연습 시간
이 거짓말 하나 보태지 않고 '인생 최대의 즐거움'입니다. 누
구에게 평가받지 못하더라도, 헛웃음이 날 만큼 발전이 더디
더라도 매일 그저 행복한데, 이 이상의 값진 보물이 또 있을
까요?

거기에는 실망도 좌절도 없습니다. 그저 하루하루를 즐겁
게 살아가게 할 뿐. 이렇게까지 완벽한 세상이 인생 후반전
에 주어졌다니 내가 꽤나 열심히 살았나 보다 싶어 싱글벙글
합니다.

하지만 주위를 둘러보아도 이렇게 멋진 세계의 가치를 깨
닫는 이들은 놀라울 정도로 적습니다. 그건 어쩌면 오랫동안
피아노가 '어린이가 배우는 것'이었기 때문인지도 모릅니다.
한국에서도 사정은 비슷하리라 생각합니다. 어린이 피아노
의 목표는 '숙련'이다 보니 연습은 그저 인내, 또 인내의 연속
이었을 겁니다. 게다가 그 모습을 지켜보는 선생님은 무섭게

만 느껴져서 피아노의 즐거움을 누릴 수 있는 여건이 아니었습니다. 그래서 '피아노'라고 하면 지금도 우리 세대의 여자들은 표정이 어두워집니다. 하지만 너무 아까운 일입니다. 피아노를 치는 것은 그 자체로 즐겁습니다. 거기에는 경쟁도 의무도 없습니다. 그래서 피아노가 멋집니다.

한국, 하면 잊지 못할 추억이 있습니다. 본문에도 썼지만 강연 차 서울에 갔을 때 출판사 카페의 피아노를 칠 수 있는 고마운 기회가 있었습니다만, 전혀 예상치 못한 일이었던지라(←변명) 제 피아노 인생에 있어서 가장 참담한 연주로 남았습니다. 사실 김포공항에도 멋진 그랜드피아노가 있었고 출국 전에 시간이 있어서 출판사 관계자에게 연주해 보겠냐는 제안을 받았지만, 그 악몽의 기억이 채 가시기 전이라서 황급히 거절할 수밖에 없었습니다.

그래서 피아노에 관해서는 한국에 많은 미련이 남아 있습니다. 이 책이 많은 분들에게 읽혀서 다시 한국 독자를 만날 수 있는 기회가 생긴다면 그때는 반드시 설욕하리라는 야망에 불타오르고 있답니다.

프롤로그

처음에는 흔한 생각에서 출발했다.

퇴직한 뒤 시간이 생기면, 아직 건강할 때 그동안 하고 싶지만 하지 못했던 일에 도전하고 싶다는 생각.

무엇보다 대학을 졸업한 이후 시간도 에너지도 전부 회사에 빼앗긴 채 살아왔다. '워라밸Work-Life Balance'이니 '상사의 갑질'이니 하는 말조차 없던 시대. 쓰러질 때까지 일하는 걸 당연하게 여기는 분위기 속에서 경쟁에 밀리지 않으려고 매사에 필사적이었다. 그래서 '하고 싶지만 할 수 없는 일'을 오래 품고만 있었다.

내가 하고 싶은 일 중 하나가 피아노를 배우는 것이었다.

이른바 '어른의 피아노'라는 녀석인데, 피아노를 꿈꾸는 어른이 나뿐만은 아닌 모양이었다. 예전에는 피아노 학원의

학생은 주로 어린이였는데 요즘 동네 음악 학원은 성인을 대상으로 하는 곳이 많다고 한다. 피아노뿐만 아니라 기타, 우쿨렐레, 색소폰 등등 모두 마찬가지다. 평균 수명이 늘면서 길어진 노후를 보낼 방법을 찾는 사람이 많은 건지도 모르겠다. 하지만 인간은 음악을 좋아한다는 본능이 더 큰 이유가 아닐까. 더구나 자신이 직접 연주한다면 얼마나 멋지겠는가!

나는 여러 가지 사정으로 50세에 조기 퇴사했고, 5년 후에 그 꿈을 분명히 이루었다. 짝짝짝(내가 생각해도 기특하다!).

꿈을 이룬 것은 좋은데.

문제는 그 이후였다.

나와 피아노의 교제는 갈수록 적정선을 벗어났다. 매일 2~3시간의 연습은 당연지사에, 플레이리스트는 온통 클래식 피아노곡이었다. 작곡가나 피아니스트에 전혀 흥미도 없었던 주제에 지금은 누가 묻지 않아도 일방적으로 클래식 이야기를 떠들어대고, 스스로는 멈추지 못하는 '급성 마니아'스러운 태도에 친구마저 줄어든 기분이다. 과도한 연습 탓에 결국 손에 이상이 생겨 온갖 고생을 했고, 피아노를 위해 식생활은 물론 걸음걸이나 앉는 자세까지 고치며 옛날 검객처럼 엄격하게 생활하고 있다.

눈을 감아도 떠도 피아노뿐. 내게 남은 소중한 인생의 상당 부분을 피아노에 빼앗기고 있다.

이런 이야기를 하면 거의 백이면 백 "발표회라도 하세요?" 하고 묻는데, 그럴 생각은 조금도 없다. 그렇다면 나는 대체 어디를 향하고 있는 걸까? 실은 그 어디도 향하고 있지 않다. 그런데 희한하게도 그만둘 수가 없다. 그만둘 생각도 없다.

단언컨대, 나는 엄청난 노다지를 발견한 것이다.

언젠가는 화려한 연주로 사람들의 갈채를 받을지도 모른다는, 그런 저차원의 이야기가 아니다. 물론 행여 그런 날이 온다면 분명 우쭐하고 뿌듯하겠지만, 그런 건 피아노를 치는 이유의 1000분의 1 정도에 지나지 않는다.

그보다 세상만사가 그리 간단치 않다.

어른의 피아노, 그러니까 중장년이 된 후에 뒤늦게 피아노를 친다는 건 '뜻대로 되지 않음'의 온갖 버전을 체험하는 일이다. 손가락은 움직이지 않고, 머리는 굳었고, 노안이라 악보도 보이지 않는다. 게다가 어른에게는 쓸데없는 허영심도 있어서 잠깐이라도 다른 사람이 듣노라면 어릴 때는 경험해 보지 못한 초긴장 상태가 된다. 산 넘어 산이다. 게다가 실력은 조금도 늘지 않는다. 그런데 더 무시무시한 사실은 체력도 시력도 청력도 두뇌도 이미 충분히 엉망인 지금이 바로 인생 내리막길을 걷고 있는 나의 '가장 젊은 날'이라는 것이다. 이 사실을 아는 것은 수행 또는 고문이나 다름없다. 더구나 이런 역경을 어찌어찌해서 극복하고 다소나마 실력이 늘었다고 해도 돈이 들어오는 것도, 발표할 곳이 있는 것도 아니다. 의미를 찾는다면 '없다'에 가깝다.

이런 상황이면 보통은 일찌감치 포기해 버릴 것이다, 분명히. 그게 상식적인 어른의 대응이다.

하지만.

그딴 상식은 내 알 바가 아니다.

지금까지는 지겹도록 그 상식에 맞춰 살아왔다. 세상은 이러니저러니 해도 결국에는 생산성과 효율성을 우선한다. 그래서 우리는 늘 더 빨리, 더 많은 결과물을 내기를 요구받았고, 해내지 못하면 패자가 되었다. 그런 사회의 구성원인 나역시 필사적으로 살아왔고, 문득 정신을 차려 보니 어느새 노후의 입구에 서 있었다. 늙는다는 건 쇠약해진다는 걸 의미하며, 쇠약하다는 건 효율적이지 않다는 뜻이다. 그러니까 나는 시간이 흐를수록 패배하는 횟수가 늘어날 테고, 마침내는 사회의 짐이 될 것이 분명하다.

'싫어, 싫다고! 듣고 싶지 않아!' 이렇게 외치고 싶다.

그렇게 죽어라고 열심히 살아왔는데! 그 끝에 기다리는 게 이거라고? 말도 안 돼.

그러던 중 피아노를 만났다.

사실 처음에는 그저 잘 치고 싶었다. 여하튼 시간은 많았으니 꾸준히 노력하면 피아니스트는 못 되더라도 다른 뭐라도 조금은 되지 않겠는가. 그래, 무슨 일이든 하면 된다! 늙었다고 젊은 사람에게 질 줄 아는가! 아무리 나이가 들어도 꿈은 포기할 수 없어! 이런 기분, 말하자면 아직은 나에게도 생산성이 있음을 증명하고 싶었다.

허나 당치도 않은 소리였다. 너무 분수에 맞지 않는 도전이었다. 안 그래도 터무니없이 높은 피아노라는 산을 인생의 전성기가 한참이나 지난 자가 오르려는 꼴이다. 쇠약해진 몸으로는 생각대로 되는 일이 없고, 어떻게든 생각대로 움직여보려고 노쇠한 몸에 채찍질을 하다가는 몸이 망가지고 만다. 그렇다. 내가 그런 나이다. 지금까지는 필사적으로 노력하며 간신히 한 걸음씩 계단을 올라왔지만 앞으로는 노력해도 오를 수 없다. 어디를 향하는지, 앞으로 나아가고는 있는지조차 모른 채 어쩔 수 없이 그저 눈앞의 곡에 매달리는 수밖에 없다. '시간 낭비'가 따로 없다.

그런데 막상 해 보니 의외로 나쁘지 않았다.

곱슬거리는 가발 따위를 쓴 옛날의 대작곡가가 만든, 거짓
말처럼 아름다운 곡을 놀라우리만치 형편없이 연주하며 '못
하겠어!'라고 비명 지르기를 날마다 수십 번을 반복한다. 이
정도로 비효율적이면 오히려 속은 후련하다. 사실은 그 나름
의 즐거움이 있다. 목표가 없으면 좌절도 없다. 서두르지 않
으면 포기할 일도 없다. 적어도 내가 해야 할 일은 산더미처
럼 쌓였으니까. 그리고 아름다운 곡은 내 앞에 분명히 존재
해 어디로도 도망가지 않는다. 인생에는 이런 세계도 존재했
던 것이다. 목표가 없어도, 어딘가를 향하지 않더라도, 지금
이 순간에 무작정 노력하는 그 자체로 즐거운 세계가.

어쩌면 나에게 피아노란 노후를 살아가는 방법에 대한 레
슨인지도 모른다.

아무리 쇠약해지고 못 쓰게 되어도 지금 이 순간을 즐기겠
다는 마음으로 최선을 다할 수 있는지 아닌지 시험받는 것이
다. 나아질 수 있든 없든 그저 눈앞의 일에 최선을 다하는 그
시간을 행복이라고 여기게 될 수 있을까? 만약 그럴 수 있다
면 앞으로의 기나긴 내리막길 인생이 얼마가 지속되건 두렵
지 않을 것 같다.

그래서 나는 오늘도 부랴부랴 피아노를 향해 달려간다. 여
하튼 여기에 내 노후가 달려 있다. 노후는 어쩌면 생각지도

못한 즐거움과 희망으로 가득한 시간일지도 모른다, 아니 꼭 그러하길 바라는 마음으로 오늘도 베토벤 곡을 치고 있다.

이 책은 나와 피아노의 웃음과 눈물이 교차하는 격투의 기록이다.

나와 마찬가지로 노후의 모험을 시작하려는 모든 분에게 이 책을 바치고 싶다.

목 차

1악장

40년 만의 피아노

줄곧 피아노를 배우고 싶었다

피아노를 배우고 싶다. 줄곧 그렇게 생각해 왔다.

어렸을 때 배웠던 피아노를, 기회가 된다면 다시 제대로 치고 싶다고 말이다.

그런데 정말 그런 날이 오다니. 인생은 참 알다가도 모르겠다.

40년 전, 초등학교도 들어가기 전부터 배우기 시작했던 피아노를 중학교 입학과 동시에 그만두었다. 공부할 시간이 부족하다는 그럴싸한 핑계로. 당시에는 정말로 후련했다. 무엇보다 그 따분한 연습으로부터 완전히 해방되었으니까!

아무 의욕도 없는 학생의 눈에 피아노 선생님은 그저 무섭기만 한 존재였다.

내가 떠듬떠듬 피아노를 치면 앳된 여선생님의 아름다운 얼굴은 순식간에 귀신처럼 험악하게 변했다. 들으라는 듯 내뱉는 귀신의 한숨 소리는 또 얼마나 크던지. 그 한숨 소리에 내가 우주 끝까지 날아가 버릴 것만 같았다. 그러니까 피아노에 관한 즐거운 기억 따위는 찾기 어렵다. 마지막 반년은 한시라도 빨리 그만두고 싶은 마음뿐이었다.

그로부터 시간이 흐르길 몇 년.

문득 마음 한편에서는 피아노를 포기하지 못하고 있다는 걸 깨달았다.

말하자면 나는 이런 생각을 하고 있었다.

'어쩌면, 아니 분명, 지금이라면 제대로 할 수 있을 것이다.'

한 살 터울인 언니와 나는 서너 살부터 본인의 뜻과 무관하게 피아노를 배우고 있었다. 때는 일본의 고도 성장기였고 동시대 여자아이의 대부분이 같은 운명을 짊어지고 있었다. 사회적으로 다 같이 풍족해지던 시절, 집에 놓인 피아노와 그 피아노를 치는 딸아이의 모습은 일반적인 가정의 일반적인 꿈이자 손쉬운 도달점이었을 것이다.

당시 우리 집은 허물어져 가는 사택이었는데 그곳에 연습용 오르간을 들였다. 둘 곳이 마땅치 않았던 탓에 현관 바로 앞에 둘 수밖에 없었고, 그곳에서 교대로 연습하던 언니와 나는 겨울이면 추위에 손이 곱았다. 아무튼 그렇게 해서 부모님이 꿈꾸던 '문화적으로 풍요로운 생활'이 시작됐다.

하지만 늘 그렇듯 현실은 생각과 다르다.

나에게도 언니에게도 이내 피아노는 무거운 짐이 되어 버렸다. 모든 일이 그렇듯 능숙해지기 위해서는 참을성 있게 꾸준히 연습해야 하는 법이다.

그러나 그 진리는 평범한 아이에게는 넘어서기 힘든 장애물이다. 잘 치게 된다면 분명 재미있겠지만, 그 수준에 이르기까지 얼마나 힘들지 어린 마음에도 금방 알 수 있었다. 기약 없는 막막함에 의욕은 맥없이 사그라들었다.

연습하라는 엄마의 잔소리는 점점 늘었고 나는 마지못해 피아노 앞에 앉아 떠듬떠듬 건반을 눌러 보지만 매번 똑같은 부분에서 틀리다가 마침내 참지 못하고 뚜껑을 쾅 닫아 버렸다. 매일 그 과정이 반복됐다.

지금이라면 제대로 할 수 있다

그런 무의미한 연습을 날마다 지켜보던 엄마는 "안 되는 부분을 집중적으로 해야지", "좀 천천히!" 하고 몇 번이고 소리를 질렀다. 지당하신 지적이었다. 그렇지만 말처럼 되면 뭐 하러 그 고생을 하겠는가. 충분히 알고 있지만 힘든 일은 피하고 보려는 게 평범한 어린아이의 습성이다. 힘든 노력은 건너뛰고 당장 레코드판을 튼 듯 빠른 템포로 멋지게 연주하고 싶은 것이다. 그래서 무조건 빠르게 쳐 보지만 마음처럼 되지 않아서 짜증이 치밀다가 이내 포기하기를 반복한다. 당연히 발전은 없다. 지금 생각하면 날마다 보는 그 모습이 엄마 눈에도 꽤 답답하고 한심하게 보였겠다.

그랬던 엄마는 이제 세상에 없다. 새삼 진심으로 죄송한 마음이 든다.

나는 왜 그렇게까지 연습을 싫어했을까? 지금이라면 제대로 연습할 수 있지 않을까.

분명히 가능할 것이다.

나도 인생을 살며 그럭저럭 많은 경험을 쌓아 왔다. 다양한 실패와 좌절을 숱하게 겪었고, 매번 그것들을 극복했다고는 할 수 없어도 여하튼 이래저래 비치적대며 반세기를 살아왔다.

그리고 마침내 이해하게 되었다.

엄마의 말씀처럼 '안 되는 부분을 집중적으로' 연습하면 어떤 일이든 언젠가는 할 수 있게 된다는 사실을. 비록 오랜

시간이 걸릴지언정 도망가지 않고 맞서면 조금씩이라도 반드시 발전하게 된다는 사실을.

게다가 상대는 '피아노'다.

내가 사회에서 주로 마주한 상대는 '사람'이었다. 사람은 정말이지 내 마음처럼 움직여 주지 않는다. 이렇게 말하면 저렇게 듣고, 이렇게 하라고 하면 저렇게 한다. 노력이나 성실만으로는 통하기 힘든 상대다. 그에 비하면 피아노 정도는 정말로 손쉬운 상대가 아닌가! 그렇다면 모든 건 나에게 달렸다. 피아노를 칠 것인지, 치지 않을 것인지. 노력할 것인지, 하지 않을 것인지.

노력하면 끝없이 발전할 수 있지 않을까.

그 말은 즉, 노력만 하면 〈월광〉도 〈라 캄파넬라〉도 〈환상 즉흥곡〉까지도, 어떤 곡이든 칠 수 있게 된다는 뜻? 이론적으로는 그렇다. 여하튼 이미 인생의 절정을 지나 출세도 명예도 포기한 내게 시간은 충분하니까.

어쩌면 인생을 모르는 어린아이에게 피아노는 너무 버거운 상대가 아니었을까. '진정한 즐거움'에 이르려면 눈앞의 즐거움만 좇아서는 안 된다. 고생 끝에 누리는 즐거움을 아는 사람은 분명 어린아이가 아닌 어른일 터이다.

이 가정이 맞다면 어른은 얼마나 가능성으로 가득한 존재인가. 하면 할 수 있다. 무엇이든 가능하다. 그리고 이 말이 사실이라면, 기나긴 여생도 두려울 게 없다. 이 도전에는 나의 노후가 달려 있다.

이렇게 해서 나는 40년 만의 피아노에, 일단은 1년만이라도 진심으로 도전해 보기로 했다. 목표는 선망하는 〈달빛〉을 연주하는 것.

그리고 내게 피아노를 가르쳐 줄 선생님은 다름 아닌 요네즈 다다히로라는 프로 피아니스트다! 지인이 소개해 준 요네즈 다다히로 씨는 도쿄음대 대학원을 수석으로 졸업하고 일본음악콩쿠르 피아노 부문 2위를 수상한 인재다. 지금도 숱한 유명 오케스트라와 협연하는, 내가 송구할 만큼 화려한 경력의 소유자다.

그리고 선생님의 공식 사이트를 들어가 본 뒤 더욱 놀랐다. 화려한 경력을 자랑하는 선생님은 잘생긴 데다가 젊었다! 용기를 내서 한 발 내딛어 보면 뜻밖의 일이 일어나는 것이 역시 인생이다. 자, 과연 앞으로 어떤 일이 일어날까.

멈출 수 없어!

생각지도 못한 일이 일어났다.

연습하고 싶어서 미칠 것 같은. 그야말로 이상한 사태가 발생한 것이다. 연습이 죽기보다 싫었던 어린 시절은 대체 뭐였지?

이상 사태의 첫 징후는 이미 연습 첫날에 나타났다.

연습의 형태는 '자율 연습'이다. 여하튼 40년 만의 피아노 인데 다시 시작한다고 해도 무엇을 어떻게 하면 좋을지 난감했다. 그래서 처음에 인사차 훈남 선생님을 만났을 때 현재 상황(40년 동안 피아노를 건드린 적 없음)과 목표(〈달빛〉 연주)를 설명한 후 여러 가지로 논의했고, 그 결과 일단은 초등학교 때 마지막 발표회에서 연주했던 모차르트^{Wolfgang Amadeus Mozart}의 〈반짝반짝 작은 별 변주곡〉을 자기 방식으로 한 달 동안 연습해 본 후 다시 방침을 정하자고 했다.

솔직히 나는 이 결정에 조금 놀랐다. 선생님은 혹독한 세계를 살아가는 프로가 아닌가. 풋내기 주제에 〈달빛〉을 연주하고 싶다는 말을 뻔뻔하게 떠들어대는 내게 분명 달리기나 팔굽혀펴기 수준의 단순한 손가락 연습부터 엄격하게 시키리라 생각했다. 그런데 자기 방식으로 곡을 연주하라고? 확실히 그 방식이 더 즐겁겠지만 그런 식으로 해서 잘될까? 그러나 선생님은 괜찮다며 생긋생긋 웃었다.

기념할 만한 첫 자율 연습은 새벽에 이루어졌다.

누구에게도 들려주고 싶지 않아 새벽이 제격이었다.

나의 연습실은 집이 아닌 동네의 북카페로, 그곳에 내 피아노가 있다. 아니, 정확하게는 내 피아노가 아닌 카페의 피아노가 있다.

사정은 이러했다. 내 집(방음 개념 제로인 낡은 원룸 맨션)에서는 피아노 연습이 당연히 불가능했고, 고민하던 차에 우연히 들른 카페에서 피아노를 발견했다. 그리고 고맙게도 카페 주인인 후지사키 씨가 선뜻 피아노 연습을 허락해 주었다. 이 정도면 운명이 아닐까. 사실 잘 생각해 보면 그냥 뻔뻔함의 결과일 뿐이지만, 그래도 어떻게든 피아노를 다시 시작하려는 차에 눈앞에 우연히 피아노가 나타나다니. 인생에서 그리 쉽게 일어나는 일은 아니다. 운명적인 만남 앞에서는 뻔뻔하다는 소리를 들어도 무조건 달려들어야 한다. 인생은 생각보다 길지 않고 기회의 순간은 짧으니까.

그런데 운명적 만남에 기뻐한 것도 잠시, 막상 〈반짝반짝 작은 별〉의 악보를 받고 보니 현실을 깨닫게 된다. 40년 만에 재회한 악보는 암호 그 자체였다. 악보도 제대로 못 읽는 인간의 형편없는 피아노 소리를 도저히 다른 사람에게 들려줄 수는 없었다. 명백한 영업 방해가 될 테니까. 뻔뻔한 나도 그렇게까지 할 수는 없었다.

이런 연유로 아무도 없는 오전 7시에 카페 문을 살며시 열고 들어가서 조심스레 피아노 앞에 앉았다.

우와… 온몸에 느껴지는 엄청난 긴장감. 건반에 손을 올리기만 했는데 팔이 굳어 버린다! 거듭 말하지만 40년 만의 피아노다. 지금이라면 제대로 할 수 있다고 큰소리쳤지만 나, 정말로 할 수 있을까? 걱정이 앞섰다. 하지만 선생님께 이미 부탁해 버렸으니 포기할 수도 없는 노릇이다…. 그래서 〈반짝반짝 작은 별〉의 기본 테마부터 머뭇머뭇 도전해 본다.

작은 꼬마 아이도 칠 수 있는 간단한 곡이라고 자신을 다독이며 일단 오른손부터.

도도솔솔라라솔….

가히 충격이었다.

간단하기는커녕 이거 완전히 대공사가 아닌가!

무엇보다 일단 건반이 이렇게나 무거웠다는 사실에 진심으로 놀랐다. 내 손가락이 내 것이 아닌 것처럼 맥을 못 춘다. 이토록 작은 건반에 완전히 지고 만다. 수십 년을 살면서 손가락을 의식한 적은 없었는데, 문득 손가락 하나하나에 잘 좀 부탁한다고 고개를 숙이고 싶었다.

이어서 왼손을 움직였을 때의 충격은 더 컸다. 완전히 뒤엉켜서 비틀비틀했다. 더구나 필사적으로 음표를 좇다 보니 마지막에는 건반을 누를 손가락이 모자라, 결국 가장 약한 새끼손가락을 연속으로 혹사하는 상황이 벌어진다. 이대로는 안 되겠다는 생각에 황급히 '손가락 번호'를 확인한다.

어렸을 때 지독히도 싫어했던 바로 그 손가락 번호다.

그때의 나에게 손가락 번호는 자유로운 연주를 방해하는 성가신 규칙일 뿐이었다. 하지만 지금의 나는 그때와는 다르다. 규칙에는 반드시 의미가 있고 선조의 지혜가 담겨 있다고 믿는다.

언뜻 성가셔 보여도 손가락 번호를 지키는 게 결국에는 지름길임을, 어른인 나는 다양한 인생의 풍파를 겪으면서 이해하게 되었다… 아니, 솔직히 말하자면 이 절망적인 상황에서 일단은 뭐라도 의지하고 싶었다.

고마운 선조의 지혜를 따라 천천히 한 음씩 건반을 누른다.

…이야! 역시 번호대로 치니까 마지막까지 무사히 도착하는군. 손가락 번호, 너 사실은 친절한 아이였구나!

그리고 마침내 양손으로 연주해 본다.

역시 어렵다. 이내 머릿속이 뒤엉키고, 특히 왼손은 친절한 손가락 번호를 무시한 채 엉망진창이 되어 간다. 안 돼, 안 돼. 여기서는 침착해야 해. 그래서 속도를 완전히 늦추고 인내심 있게 반복한다… 이렇게 간단하게 말하고 있지만, 어릴 적에는 절대로 할 수 없었던 일이다. 그런 생각을 하자 내가 제법 성장한 기분이다. 나이만 들어 갈 뿐 늘 제자리인 것 같은 내 모습에 한숨을 쉬었는데 사실은 그렇지 않았던 모양이다. 그리고 갈수록 확연하게 성공률이 높아진다. 이 과정을 구체적으로 설명하자면, 같은 동작을 천천히 끈질기게 반복하는 동안 우등생인 오른손이 먼저 자연스레 움직이기 시작했고, 그러자 열등생인 왼손에 더욱 집중할 수 있었다. 그러는 동안에 차츰 왼손도 자연스레 움직이기 시작하면서 불안이나 공포가 사라졌다.

…이야, 실력이 는다는 게 이런 거구나!

어렸을 때는 이러한 이치가 보이지 않았다. 끝이 보이지 않으면 의욕이 생기지 않았다. 그러나 방법만 알면 의욕은 생겨나기 마련이다.

진화 중입니다

갑자기 기세등등해진 나는 뭐든지 할 수 있을 것 같았다. 영업시간을 제외한 아침저녁으로 카페에 열심히 드나들며 설레는 마음으로 연습했다. 갈수록 복잡해지는 변주곡. 처음에는 당연히 엉망진창이지만 아무리 복잡한 곡도 인내심을 갖고 시간을 들여 반복하다 보면 나름대로 칠 수 있게 된다.

이거, 이거… 뭔가 엄청난 일이 일어나고 있는 건 아닐까? 앞으로 나라는 인간은 대체 어디까지 나아가게 될까?

문득, 예전에 사회 교과서에서 보았던 '인류의 진화' 그림이 머리에 떠올랐다. 나는 지금 이 순간 진화 중일 것이다. 원숭이에서 인간으로! 돌이켜보면 성인이 된 이후로 이만큼 착실하게 진화하는 자신을 본 적이 있던가! 근래에는 진화는커녕 무슨 일을 하든지 오랜 시간이 걸렸고 결과도 제대로 나오지 않았다. 이것이 바로 나이가 드는 일인가 싶어 슬프고 비참한 마음이 드는 날이 부지기수였다.

그러던 중 반가운 날이 찾아온 것이다. 한 시간 전에는 할 수 없었던 부분을 비록 아주 조금이지만 해내게 된다! 그게 너무 즐거워서 눈을 떠도 감아도 피아노 생각이 머리에서 떠나질 않았다. 머릿속에는 늘 〈반짝반짝 작은 별〉이 흘러나왔다. 문득 나의 하루를 돌아보니 온종일 피아노 생각을 하다가 잠들고, 눈을 뜬 순간부터 손가락을 움직이고 있었다.

그뿐만이 아니다. 글쓰기가 본업인 내게 칼럼 아이디어가 꾸준히 솟아났다. 사실 최근 들어 원고를 쓰려고 책상 앞에 앉으면 머릿속에 솜이 가득 찬 느낌이 드는 때가 잦았다. 엄마가 치매를 앓았던 터라 혹시 나도 같은 길을 걷는 건 아닐까 하고 남몰래 불안에 떨기도 했다. 하지만 피아노를 시작하자 무거운 솜뭉치는 어디론가 사라져 버렸다.

무심결에 인터넷으로 '피아노와 뇌'에 대해 검색했다.

정보들이 우르르 쏟아져 나온다. 전부 피아노가 뇌에 얼마나 좋은 영향을 주는지에 대한 내용이다. 복잡한 악보를 읽고 오른손과 왼손이 미묘하게 다른 동작을 하는 과정이 뇌를 활성화하는 듯하다. 그런 이유로 아이들에게 피아노를 가르치라고 많은 이들이 입을 모아 조언하고 있다.

그래, 아이들의 두뇌 발달에 도움이 된다면 중장년에게도 당연히 도움 되겠지.

그렇다면 중장년의 의욕은 하늘을 찌를 수밖에 없다. 100세 시대를 살아가는 우리에게 '뇌에 좋다'는 말만큼 솔깃한 키워드가 또 있을까. 덕분에 연습 의욕은 더욱 늘었고, 한 달 후에는 마지막 한 곡(최강 난도의 곡!)을 제외한 11변주까지 간신히 칠 수 있게 되었다.

첫 레슨

마침내 한 달여의 자율 연습이 끝나 선생님께 맹연습의 성과를 보여주는 날이 찾아왔다… 이렇게 간단히 말해도, 실제로는 레슨 날짜를 정하기까지 무척 괴로웠다. 물론, 언젠가는 보여 줄 수밖에 없다. 아니, 보여 주기 위해 연습하는 것이다. 하지만 앞서 발전이니 뭐니 떠들어댄 것은 제로에서 출발한, 지극히 내 중심적인 이야기일 뿐, 객관적으로 보면 내 연주는 훈남 피아니스트에게 자랑하기에는 너무나 서투른 〈반짝반짝 작은 별〉이다. 조금이라도 더 잘 치게 된 후에 보여 주려고 미루다 보니 순식간에 시간이 흘러 버렸다.

이대로 가다가는 평생 연습만 하는 한심한 꼴이 되겠다 싶어서, 굳게 각오를 다지고 날을 정했다.

그리고 마침내 약속한 날이 되었다.

연습실인 카페에 1시간 반 전에 도착해서 혼자서 묵묵히 최종 연습을 하고 있었다. 지금까지의 인생에서 이렇게까지 집중한 일이 몇 번이나 있었을까. 매사 이렇게 살았다면 좀 더 좋은 직업을 가질 수 있었을 텐데…. 여하튼 그건 그거고, 쳐 보니 제법 상태가 좋다. 속도감도 있다. 내가 보기에도 조금 멋있다.

그리고 마침내 선생님이 도착했다! 늘 상큼한 미소가 눈부

신 요네즈 선생님과 가벼운 인사를 나누었다. 선생님은 "어서 들어 볼까요?" 하셨다. "네, 네!"

나는 피아노 앞에 앉아 마침내 〈반짝반짝 작은 별〉을 연주하기 시작한다.

허영심이라는 강적

아아, 그 이후의 일은 떠올리고 싶지 않다.

말 그대로 너덜너덜한 연주였다. 그나마 순조로웠던 것은 시작 부분의 기본 선율까지. 그다음부터는 말도 안 되는 실수의 연발이었다. 도중에 멈췄다가 다시 치기를 여러 번. 연습 때는 이런 적이 한 번도 없었다고 항변하고 싶었지만, 안타깝게도 그 모습을 본 사람은 아무도 없다. 부, 분하다…. 그런 생각을 하자 집중력은 점점 떨어지고, 실수가 실수를 불러 완전히 제어 불능 상태가 됐다. 억지로 끝을 맺을 때에는 숨이 끊어질 듯했다. 나는 실망감에 고개를 떨구었다.

하지만 선생님은 곧바로 "대단해요!", "처음부터 이렇게 치는 사람은 없어요!" 하고 칭찬을 쏟아 냈다.

요즘 피아노 선생님은 모두 상냥하다는 말을 들었다. 저출산 시대, 금지옥엽으로 귀하게 자란 탓에 나약한 아이들이 늘고 있다고 한다. 그래서 예전처럼 무섭게 지도하면 금방

학생들이 그만두는 모양이다. 선생님들의 고달픈 수난 시대다. 이렇게 실제로 무리한 칭찬을 받고 보니 그 고달픔이 생생하게 전해져 죄송할 따름이었다.

평정심을 되찾고 선생님께 칭찬하신 이유를 물으니 악보를 외워서 쳤다는 점과 한 달 만에 거의 전곡을 칠 수 있게 되었다는 점을 높이 샀다고 한다. 그러니까 노력에 대한 칭찬인 셈이다.

정말… 저, 열심히 했습니다! 그것만은 당당하게 말할 수 있다. 결과가 어떻든 거의 매일 연습에 임했으니까. 과연 좋은 선생님은 연주 한 번 듣는 것만으로도 학생이 어떻게 해서 여기까지 왔는지를 정확하게 꿰뚫어 보는 모양이다. 그런 선생님 앞에서 실력 이상으로 멋진 모습을 보여 주려고 했던 내 어리석음에 얼굴이 화끈거렸다.

나는 허세나 부릴 때가 아님을 깨닫고는 곧바로 연습 중에 떠오른 소박하기 짝이 없는 질문들을 늘어놓았다. 의자의 위치는 맞는지, 굳은 손가락을 단련하는 연습법은 없는지, 오른손과 왼손은 따로따로 연습해야 하는지, 천천히 치는 연습은 효과가 있는지 등등. 선생님은 그 모든 질문에 친절하게 대답해 주었다.

선생님의 가르침 하나하나가 몸에 스몄다. 그리고 솔직해지자고 생각했다.

이 역시 어른의 피아노만이 갖는 장점이다. 어렸을 때처럼 시키니까 억지로 한다는 마음으로는 일단 궁금증 자체가 생기지 않는다. 하지만 어른은 자신의 의지로 피아노를 친다. 누구에게 요청을 받은 것도 아니다. 사실 자기 연주는 소음이자 민폐에 가까울 텐데도 친다. 그렇게 자발적으로 임하는 사람이 갖는 궁금증은 아무리 하찮더라도 틀림없는 진짜다. 아이들은 이런 궁금증 자체를 가질 수 없다. 후훗.

그리고 모든 궁금증을 해소할 수 있을 때의 감사함이란! 세상일의 대부분에는 정답이 없다. 오히려 보이지 않는 정답을 향해 비틀비틀 나아가고, 헤매고, 실패하고, 낙담하는 과정의 연속, 그게 인생이다. 그런데 선생님은 모든 질문에 대답해 준다. 이 얼마나 호사인가! 이 얼마나 안도할 일인가!

황야의 입구일지도 몰라

그렇게 기뻐하다가 문득 중대한 사실을 깨달았다.

선생님은 어떤 질문에든 '저는 이렇게 생각해요', '저는 이걸 권장해요'라고 대답한다. 그러니까 그 말은 선생님의 대답이 교과서에 나오는 일반론 같은 것이 아니라, 자신의 경험과 고민과 실패를 통해 다다른 해답이며 지금도 계속해서

답을 찾고 있다는 의미일 것이다.

그렇다면 피아노의 세계에도 '정답'이 있을 수 없다는 뜻은 아닐까? 피아노의 세계 역시 어디에도 의지할 곳 없는 황야이기에 선생님도 스스로 길을 개척해 온 것이라면, 그리고 그 길을 겨우 한 달 전에 40년 만의 피아노를 치기 시작한 내게 아낌없이 가르쳐 주고 있는 것이라면? 나 역시 지금 그 황야의 입구에 서 있다는 뜻일까…?

어수선하게 이런저런 생각을 하고 있는데, 선생님이 "잠깐만 실례할게요" 하며 눈앞에서 〈반짝반짝 작은 별〉을 치기 시작했다.

선생님의 연주에 나는 전율했다. 정녕 같은 피아노에서 나는 소리가 맞는가.

음의 강약, 음색의 변화, 자유자재의 템포. 곡이 살아 있는 생명체처럼 깨어난다. 내 피아노가 싸구려 오르골이라면 선생님의 피아노는 뉴욕 필하모닉이다. 옆에서 지켜보니 나와 선생님은 치는 방식 자체가 근본부터 완전히 달랐다. 내 손가락은 건반 안쪽 2센티미터 지점을 꼭두각시 인형처럼 단조롭게 촐랑촐랑 누를 뿐인데, 반면 선생님의 손가락은 건반 안쪽부터 바깥 끝까지, 건반을 드넓게 펼쳐진 축구장처럼 자유자재로 사용하면서 미끄러지고 튀어 오르며 낭창낭창하게 춤추고 있다. 그 움직임에는 보는 것만으로도 숨죽이게 하는 아름다움이 있다.

이거… 아무래도 감당 못 할 세계에 발을 들여놓은 것은 아닐까.

"조금 더 노래하듯 연주해도 좋지 않을까요?" 선생님이 말씀하셨다.

노래하듯! 그렇구나! 그런 식으로는 생각지도 못했다. 하지만 그 매력적인 말이 어떤 사태를 몰고 올지 그때의 나는 알 까닭이 없었다.

'노래하듯'의 의미

40년 만에 피아노를 다시 마주했을 때의 내 목표는 그저 오랫동안 사용하지 않아서 완전히 굳어 버린 손가락을 단련해서 가볍고 우아하게 움직이고 싶다는 정도였다. 그래서 운동하듯이 성실하게 연습하면 분명히 실력이 늘 거라고 단순하게 생각했었다.

그런데 노래하듯 치라고? 생각지도 못한 제안이었다.

'노래하듯'은 대체 무슨 뜻이지?

이 말을 처음 들어 본 것은 아니다. 어렸을 때의 그 무서운 피아노 선생님이 옆에서 "좀 더 노래하듯이!"라고 소리쳤던 기억이 난다. "네!"라고 대답은 했지만, 그때의 나는 '노래하듯'의 의미를 '과장되게 강약을 주면 되는' 정도로 생각했다. 평범한 초등학생의 사고는 그런 법이다.

하지만 인생 경험이 있는 아줌마는 그게 그런 단순한 이야기가 아니라는 정도는 안다. 구체적인 뜻을 묻자 선생님은 "자신이 어떻게 연주하고 싶은가 하는 거예요"라고 답했다.

어떻게 연주하고 싶냐고? 그런 건 생각해 본 적도 없다!(결단코). 잘 치고 싶다는 생각은 늘 하지만….

무슨 뜻일까.

내가 당황하자 선생님이 이렇게 설명했다.

선생님이 처음 피아노 콩쿠르의 심사 위원을 부탁받았을 때 '피아노 연주에 어떻게 순위를 매기는가' 하는 생각에 걱정했다고 한다. 하지만 실제로 연주를 들으니 단번에 합격인지 불합격인지 판단이 섰다고.

"아무리 연주 기술이 뛰어나도 '나는 이 곡을 이렇게 연주하고 싶다'는 마음이 없으면 다른 사람에게는 아무것도 전해지지 않아요."

"기술이 없어도 괜찮습니다. 오히려 기술 없는 사람이 '이렇게 연주하고 싶다'는 마음을 오랫동안 절실히 품을 수 있어요. 중요한 건 자신이 어떻게 연주하고 싶은지를 계속 생각하고 갈망하는 거예요."

"반대로 천재처럼 어떤 곡이든 쉽게 연주하는 사람은 '이렇게 연주하고 싶다'는 생각을 할 틈 없이 연주해 버리지 않을까 싶어요."

그렇구나! 나는 갑자기 의욕이 솟았다.

기술이 없어도 좋다고 하지 않는가! 아니, 선생님은 오히려 그 편에 가능성이 있다고 했으니 내게도 가능성이 충분하다는 뜻이 아닌가! 그런데… 그게, 무슨 가능성이었지? 아, 맞다. '노래하듯'의 가능성이었지. '노래하듯'이라는 것은 결국 '어떻게 연주하고 싶은가'라는 뜻이고. 그러고 보니 난 어떻게 연주하고 싶은 걸까?

이야기는 결국 제자리로 돌아왔다.

있잖아요, 선생님. 그건 대체 어떻게 하면 찾을 수 있죠?

"우선은 되도록 다양한 사람들의 연주를 들으세요."

한 번도 시도해 본 적 없는 일이다. 피아노를 배웠던 초등학생 때는 비싼 레코드판을 간신히 한 장 사서 한 사람의 연주를 반복해서 듣는 게 전부였다. 같은 곡의 레코드판을 여러 장이나 산다는 건 도저히 상상조차 할 수 없는 일이었다.

하지만 시대가 변해 요즘은 간단하게 해결할 수 있다. 정액제 음원 서비스가 있기 때문이다. 생각해 보면 그런 획기적인 서비스의 등장도 겨우 십여 년 전의 일이다. 이 얼마나 고마운 시대인가. 그리고 이런 시대에 피아노를 다시 시작한 나는 또 얼마나 행운아인가.

새로운 세계가 나타났다

그래서 서둘러 들어 보았다. 온갖 〈반짝반짝 작은 별〉을.

생초보인 나는 진심으로 놀랐다. 이, 이게 전부 같은 곡이라고? 사실 같은 곡이라서 그 차이가 더욱 눈에 띈다. 템포도 다르고 소리의 크기도 다르다. 튕기듯 연주하는 사람이 있는가 하면, 물 흐르듯 연주하는 사람도 있다. 나지막하게 연주하는 사람이 있는가 하면, 부르짖듯 연주하는 사람도 있다. 웅장하게 끝마치는 사람도 있고, 녹아내리듯 끝마치는 사람도 있다. 이게 대체 뭐지? 연주자의 자아의 발로인가? 돋보이고 싶은 건가? 아니면 곡에 대한 애정의 표현? 그도 아니면 인간의 의지를 넘어선 신의 전언일까…?

피아노를 다시 시작한 지 겨우 한 달 된 내가 그런 것을 알리가 없다. 여하튼 나는 눈앞에 나타난 예기치 못한 와일드한 세계에 놀라고 말았다. 이는 클래식이라기보다는 로큰롤, 아니 펑크록, 아니 힙합이라고 해도 과언이 아니었다. 클래식은 점잖고 지루한 음악이라고 확신하고 있었다. 하지만 그런 느낌이 전혀 아니었다. 모든 연주곡이 '나는'이렇게 연주하고 싶다'라는 거친 외침이었다. 점잖기는커녕 무시무시한 맹수가 울부짖는 듯했다.

그리고 분명히 모든 연주가 훌륭했지만 반복해서 듣다 보니 그래도 '마음에 드는 연주', '그저 그런 연주', '지루한 연주'가 있다는 사실도 깨달았다.

아하, 그래. 이런 뜻이었어. 내 '마음에 드는 연주'가 바로 '나는 이렇게 연주하고 싶다'가 되는 거였어. 여기까지는 이해했다. 하지만 여기서 다시 새로운 문제가 고개를 들었다.

내 마음에 든 〈반짝반짝 작은 별〉은 마치 고전 악기로 연주하는 듯한 스토익stoic하면서도 귀엽고 따뜻함이 있는 이리나 메주에바Irina Mejoueva♦의 연주였다. 맞아, 이렇게 연주하고 싶어. 그런데 문제는 도저히 불가능하다는 것이다.

일단은 무모하게 열심히 연습했다. 먼저 기초를 다져야 한다는 생각에 선생님에게 배운 굳은 손가락을 풀어주는 리듬 연습과 스타카토 연습은 물론이며 옛날에 그렇게도 싫어했던 하농Hanon 악보까지 다운로드해서 손가락을 단련했다. 그렇게 제법 손가락이 움직이기 시작했다고 생각한 어느 날,

♦ 1975년 러시아 출생의 피아니스트.

갑자기 뭘 해도 손가락에 힘이 들어가지 않았다. 처음에는 추워진 날씨 탓이려니 했지만, 시간이 갈수록 손가락뿐만 아니라 손바닥과 팔까지 뻣뻣해지고 통증이 느껴졌다. 혹시 그 유명한 건초염♦♦인 걸까? 벌써 온 건가? 와 버린 건가?

두 달 만에 찾아온 위기

첫 레슨에서 요네즈 선생님은 손가락을 풀어 주는 연습법을 가르쳐 주면서 손가락에 통증이 오면 건초염일 가능성이 있으니 곧바로 연습을 중단해야 한다고, 의욕이 넘치던 내게 간곡히 당부했다. 그러겠다고 대답은 했지만 어렸을 때도 그런 적은 없었으니 나와는 상관없는 일이라고 생각했다. 그런데 겨우 연습 두 달 만에?

당황스러운 마음에 인터넷으로 '피아노'와 '건초염'을 검색했다.

예상외로 많은 글이 나와 놀랐다. 이렇게도 많은 사람이 고민하고 있었으리라고는. 중요한 연주회를 몇 차례나 취소하고 고뇌하는 피아니스트의 이야기도 있었다. 너무 무서웠다. 곧바로 연습을 중단하라는 선생님의 말이 머릿속에 메아

♦♦ 힘줄을 둘러싸고 있는 막인 건초에 생기는 염증.

리쳤다.

하지만 나는 결코 중단하고 싶지 않았다(선생님 미안요). 이제야 간신히 실력이 향상되었단 말입니다. 50살이 넘어서도 아직 발전할 여지가 있는 무언가가 이 세상에 있었다고요. 피아노가 틀림없는 내 인생의 희망입니다. 내게도 미래가 있다는 말입니다. 그런데 중단이라니? 당치도 않습니다!

그래서 나는 선생님에게는 비밀로 하고 필요한 정보를 필사적으로 찾았다.

일단은 건초염에 효과적인 스트레칭. 이거라면 바로 할 수 있어서 해 보니 한결 편안해진다. 그렇다면 역시 건초염인가? 건초염이 아니더라도 스트레칭을 하는 편이 좋을 테니 일단은 습관화하자고 결심했다.

내가 가장 궁금했던 것은 건초염에 걸리는 이유였다. 통증은 분명 내가 피아노를 치는 방법이 틀렸다고 말해 주고 있다. 개선하지 않으면 연습을 할수록 손의 통증이 악화되는 악순환에서 빠져나올 수 없다. 검색 결과를 살펴보니 몇몇 사이트에서 '힘을 빼고 치는 것'의 중요성을 강조하고 있었다. 끄덕끄덕. 하지만 구체적으로 어떻게 하면 좋을지는 알수 없다. 그러던 중 구체적인 대처법 하나를 발견했다.

'빠르게 치면 손에 부담이 간다.'

그렇군! 〈반짝반짝 작은 별〉은 빠르게 치는 편이 멋있다고 생각하며 나는 줄곧 '화려한 속주'를 목표로 연습해 왔다. 속도가 문제였다! 이제 꾹 참고 속주를 봉인하는 수밖에 없다.

느린 〈반짝반짝 작은 별〉

그렇게 해서 곧바로 들어 본 적도 없는 '느린' 〈반짝반짝 작은 별〉에 도전했다. 선망하던 이리나 메주에바식 연주는 이제 완전히 물 건너갔다. 하지만 건초염(의 의심)과 연습의 양립을 도모하려면 이 길밖에 없다.

문득 젊었을 때 자전거에 빠졌던 기억이 떠올랐다.

멋지게 속도를 내며 달리고 싶었지만 다리 힘도 체력도 없어서 금방 발목이 아팠다. 달리기 연습이 부족한 탓이라며 오로지 연습에 연습을 거듭하던 어느 날 사진에 찍힌 내 모습에 충격을 받았다. 꼬, 꼴불견이었다! 애초에 타는 방법을 틀렸고, 그런 꼴로는 빨리 달릴 수 있을 리가 없었다. 그날 이후, '느리더라도 아름답게', 그 말을 가슴에 새기며 연습했더니 결과적으로 속도도 조금씩 빨라졌다.

피아노도 마찬가지 아닐까. 느리더라도 아름답게. 손에 부담이 느껴지지 않을 정도로 힘을 빼고 건반을 누른다. 그 한계 내에서 내 나름 노래하듯 연주하면 되지 않을까.

하지만 그렇게 되면 더 이상 모델로 삼을 연주가 없다. 어떤 식으로 연주할지는 이제 막 피아노를 시작한 평범한 중년 여성인 내 마음에 묻는 수밖에 없다. 그래도 될지 의심스럽지만 달리 방법이 없다. 그래서 어찌 됐든 일단은 천천히 치기에 몰두하기로 했다.

그러자 뜻밖에도 연습이 너무나 즐거워졌다.

이리나식 연주를 목표로 했을 때는 정답이 까마득히 먼 곳에 있었기에, 당연히 그 목표에 다다를 수 없었으니 내 연주는 늘 실패인 셈이었다. 하지만 지금은 어디에도 정답은 없다. 지금으로서는 손에 무리가 가지 않도록 하는 것. 그것만이 정답이다.

그렇게 생각하자 저절로 불필요한 힘이 빠졌다. 물론 화려한 연주고 뭐고, 옆에서 들으면 그저 엉망진창인 연주일 따름이었지만 까닭 없이 기분이 좋았다. 자유로웠다.

피아노의 길이 험난하고 멀고 끝이 없다는 건 알고 있다. 하지만 음악이란 원래 할 수 있다거나 잘한다거나 하는 것 이전에, 덧없는 세상에 휘둘리다가 단단하게 오그라든 사람의 마음을 해방시켜 주는 존재가 아닌가 하는 생각이 든다. 쓸데없이 철학적인 생각일까.

결국 두 번째 레슨 때 선생님에게 조심스럽게 손 문제를 이야기하자 선생님은 건초염이 아닌 근육통이 의심된다고 하셨다. 하지만 방심은 금물. 선생님은 "〈반짝반짝 작은 별〉 연주는 운동 부족인 사람이 갑자기 100미터를 전력 질주하는 것과 마찬가지였네요" 하며, 뜻밖에도 다음 곡을 제안했다.

그것도 다름 아닌 쇼팽^{Frédéric Chopin}! 다름 아닌 왈츠였다!

쇼팽, 찰나의 기쁨

새로운 과제! 그것도 쇼팽!

기, 기쁘다…. 뭘까, 이 마음 깊은 곳에서 솟아오르는 듯한 기쁨은?

선생님은 내가 노력하면 할 수 있다고 믿으니까 과제를 주는 거겠지? 53년의 인생을 사는 동안 이렇게 나를 믿어주고 기대해 준 사람이 부모님 외에 몇 명이나 있을까?

요네즈 선생님은 "이런 곡입니다" 하며 내 눈앞에서 왈츠를 연주했는데 그 아름다움이란 형용하기 힘들 정도였다. 〈반짝반짝 작은 별〉도 멋진 곡이지만 그 순수하고 천사 같은 반짝임과는 또 다르게 더없이 어른스럽고 슬픔이 느껴지는…. 내 인생에서 이런 곡을 직접 연주하는 날이 올 줄이야. 정말로 꿈만 같다.

큰맘 먹고 피아노를 다시 시작하길 정말로 잘했다!

하지만 그런 기쁨의 순간도 잠시, 악보를 본 나는 한동안 말을 잃었다.

그러니까 이게…. 아무리 뚫어지게 봐도 온통 알 수 없는 암호뿐이다. 〈반짝반짝 작은 별〉 때도 악보 읽는 법을 완전히 잊었다는 사실에 놀라기는 했지만 그때에 비할 바가 아니다. 마음을 다잡고 다시 한번 찬찬히 살펴보니 올림표#◆가 무려 네 개나 달려 있는 것이 아닌가! 게다가 올림 다단조라면 기점이 되는 '도'에 애초부터 올림표? 우와, 이런 세계가 존재했구나. 아니 왜 굳이 이런 성가신 짓을? 연주자를 괴롭히려고 작정한 건가? 쇼팽에게 분노가 일었지만 고인인 탓에 따질 수도 없다.

어쩔 수 없으니 일단 한 음 한 음 쳐 보자는 생각에 피아노 앞에 앉았지만 올림표가 너무 많아서 머리도 손가락도 엉키기만 한다. 15분 동안 격투를 벌였지만 단 한 소절도 진행되지 않는다. 쇼팽이니 왈츠니 하며 기뻐했던 나는 정말로 바보였다. 눈앞에 솟은 건 에베레스트처럼 인간의 접근을 거부하는 거대한 산과 같았다. 나는 그 산기슭에서 어쩌지도 못

◆ 반음 올릴 것을 지시하는 악상 기호. 샤프 또는 샵이라고도 읽는다.

하고 우두커니 서 있는 아프로♦♦ 아줌마다.

하지만 도망칠 수는 없다. 선생님이 '당신이라면 할 수 있다'라며 지정해 준 곡이다. 곰곰이 되돌아보니 선생님이 정말로 그렇게까지 생각했는지는 불분명하지만, 이제는 그렇게 믿는 수밖에 없다. 그렇지 않으면 지금 당장이라도 도망치고 싶어질 테니까. 그 정도로 막막했다.

이제 수치고 체면이고 버리는 수밖에 없다.

먼저 악보에다가 검은 건반의 음표에 하나하나 표시하기로 했다. 빨간 펜으로 표시해 보니 대부분의 음표가 빨갛게 되었다. 이럴 거였으면 흰 건반에 표시하는 편이 낫지 않았겠느냐며 나의 어리석음에 다시 화가 치밀었지만 그래 봐야 시간 낭비라며 필사적으로 마음을 다잡았다.

더 큰 문제는 낮은음자리표다. 〈반짝반짝 작은 별〉을 연습하면서 고전 끝에 간신히 낮은음자리표의 음표를 읽게 되었다고 생각했지만 새로운 곡이 나타난 순간 전혀 읽을 수 없었다. 그러니까 내가 그 곡을 칠 수 있던 이유는 그 곡을 40년 동안 내 기억 깊은 곳의 작은 상자에 무사히 보관한 덕분인 모양이었다. 악보를 읽지 못해도 그 작은 상자에서 꺼낸

♦♦   폭탄 머리, 뽀글 파마라고도 하는 헤어 스타일의 일종.

기억에 의지해서 나름 칠 수 있었다. 내 기억력도 꽤 쓸 만하다고 으스대고 싶지만, 한편으로는 악보를 읽는 능력은 완전히 녹슨 것이다. '쇼팽 나쁜 놈'이라는 욕이 목 끝에 찰랑거리지만 어쩔 수 없다.

게다가 안 그래도 읽기 힘든데 갑자기 음표가 오선보보다 한참 아래에서 튀어나오더니, 다음에는 한참 위에서 튀어나온다. 다시금 '쇼팽 나쁜 놈'이라는 욕이 절로 나왔지만 어쩔 수 없다. 도시라솔파… 하면서 하나하나 세어 가며 악보에 빨간 펜으로 '레', '파'라고 적었다. 이렇게 한심할 수가. 악보는 빨간 글자와 표식으로 이미 엉망진창이다. 게다가 노안이라서 눈에 힘을 주지 않으면 거의 보이지 않는다. 보기 쉽게 할 요량이었는데 오히려 보기 힘들게 만들어 버렸다.

하지만 달리 할 수 있는 일도 없어서 다시 마음을 다잡고 복잡한 암호(악보)를 필사적으로 해독해 가며 떠듬떠듬 건반을 누르기 시작했다.

정말이지, 그 시기의 내 피아노 연습을 들어야 했던 사람들에게는 진심으로 사과를 드린다.

앞서 말했듯이 나는 근처 카페에서 연습했다. 영업 방해가 되지 않도록 주로 영업시간을 피해서 연습했지만, 쇼팽에 돌입한 이후로 그 시간만으로는 도저히 역부족이었다. 그래서 영업시간 중에도 손님이 없을 때나 안면이 있는 단골만 있을 때를 노려 살금살금 연습했다. 그들은 무슨 죄가 있어서 박자 하나 안 맞는, 아니 음악인지조차 판단하기 힘든 실수투성이의 소음을 들어야 했을까. 꾹 참아 준 그들의 너그러운 마음과 친절에 그저 고개 숙일 따름이다. 하지만 그렇게까지 민폐를 끼치며 연습을 해도 전혀 늘었다는 표가 나지 않았다. 어떻게 이렇게까지 발전이 없을 수 있는지, 거짓말이 아닐까 싶을 만큼 눈앞이 캄캄했다.

인생의 마지노선

나는 새삼스레 깨달았다. 이것이 쇼팽이다.

쇼팽의 곡에는 예측 가능한 패턴이 하나도 없다. 왼손과 오른손이 미묘하게 얽히면서 화음은 전혀 예측할 수 없는 형태로 전개된다. 건반을 누를 때마다 '오호, 이렇게 이어진단 말이지!' 하며 감탄하지만, 안타깝게도 기억력이 현저히 떨어진 탓에 몇 번을 반복해도 처음 듣는 것처럼 '오호, 이렇게 이어진단 말이지!' 하고 다시 감탄한다. 매번 새롭게 느껴지니 어떤 의미에서는 이득이라고 못할 것도 없다. 하지만 곡을 연주하고 싶은 나로서는 분명한 위기다. 대체 언제쯤이면 곡을 외울 수 있을까?

그 위기를 간신히 지나 기억을 조금씩 되살려서 떠듬떠듬 화음을 이어갈 수 있게 되었지만 음표를 칠 수 있게 된 것만으로는 곡이 되지 않는다. 그 부분이 〈반짝반짝 작은 별〉과는 다른 점이었다. 쇼팽의 곡 중에 메트로놈처럼 리듬이 규칙적인 곡을 들어 본 적이 있는가? 나는 있다! 그렇다, 내가 치는 쇼팽이다. 이 얼마나 한심한 일인지. 아니, 난 대체 뭘 하고 있지? 피아노 외에도 해야 할 일이 산더미 같은데… 하면서, 바로 얼마 전만 해도 '난 어떤 곡이든 칠 수 있을 거야!', '이렇게 즐거운 일이 존재했다니!' 하며 천진하게 떠들었는데 거짓말처럼 도망 모드가 되었다.

사실 순조롭게 풀리는 게 이상하다고 생각했다. 산다는 건 기본적으로 고난의 연속이거늘. 하지만 여기서 때려치우기는 너무 분하지 않은가. 물론 때려치운다고 해서 누군가 곤란해하지는 않지만, 앞으로의 인생을 생각하면 어려워서 포기한다는 따위의 말을 하면 할 수 있는 일은 하나도 없을 것 같았다. 어차피 나이가 들면 여러 가지 일들이 힘들어지게 마련이다. 이미 피아노만의 문제가 아니다. 나는 인생의 마지노선에 서 있다. 어떡해서든 앞으로 나아갈 수밖에 없다. 그렇다면 한시라도 빨리 이 수렁을 빠져나가는 것 외에 달리 방법이 없다. 그래서 연습 시간은 더욱 늘어났고, 해야 할 업무는 더욱 방치됐다.

아아, 무시무시한 쇼팽이여!

괴로운 마음에 검색한 쇼팽

날이면 날마다 쇼팽, 쇼팽.

마치 늪에 빠진 듯했다. 앞으로 나아가지 않으면 점점 깊이 빠진다. 그래서 서둘러 박차고 나오려 애써 보지만, 그렇게 할수록 발은 점점 늪으로 빨려 들어갈 뿐이다.

요컨대 노력하고 있는데도 전혀 발전이 없었다.

이럴 리가 없는데. 피아노는 노력하면 성과가 돌아오는 악기라고 생각했다. 그랬기에 이 나이에 다시 도전할 마음이 들었다. 그런데 점점 '왜'라는 의구심이 주체할 수 없을 만큼 커져갔다. 왜 안 되는 걸까. 왜 칠 수 없는 걸까.

사람은 궁지에 몰리면 생각지도 못한 행동을 취한다.

나는 맹렬하게 연습에 몰두했다…가 아니라, 맹렬하게 인터넷을 검색했다. 목적은 '획기적인 피아노 향상법' 같은 정보를 얻기 위해서가 아니다(그런 것이 있다면 이 세상은 온통 피아니스트로 가득하겠지). 쇼팽에 대해 알아보기 시작했다. 쇼팽은 대체 어떤 인물인가. 무슨 생각으로 나를 이렇게까지 괴롭히는 왈츠를 작곡한 것일까. 너무도 알고 싶었다. 그의 의도를 납득하지 못하면 더 이상 한 발도 나아갈 수 없었다.

어렸을 때는 어려운 곡이 주어졌다고 해도 작곡가에 대해 알아볼 생각은 하지도 않았다. 곡은 곡일 뿐. 누가 어떤 심경으로 작곡했는지는 관심 밖이었다. 그저 단순하게 연습에 몰두했다. 어떤 의미에서는 순수했지만 지금은 그럴 수가 없다. 사전 정보가 충분하지 않으면 도저히 집중할 수 없다.

검색해 보니 정말 다양한 사람들이 올린 다양한 글이 있었다. 이렇게 많은 사람이 쇼팽에 대해 궁금해하는 줄은 몰랐다. 게다가 그 대부분이 피아노 연주자다.

아하, 역시.

나는 무심결에 히죽 웃고 말았다. 다들 나와 마찬가지 아닌가. 요컨대 쇼팽의 곡이 너무 어려워서 괴로워하다가 결국 쇼팽에 대해 검색하게 됐을 것이다.

검색 결과 중에서도 '쇼팽은 사실 왈츠를 좋아하지 않았다'는 내용의 글이 내 마음에 쏙 들었다. 왈츠는 당시 사교계의 인기 댄스 음악이었고 자부심 강한 쇼팽은 그런 통속적인 곡을 쓸 마음이 없었다. 하지만 사교계를 좋아했던 쇼팽이기에 왈츠를 완전히 무시하기는 어려워서 결국은 손을 댔다는 내용이었다. 나는 다시 히죽히죽 웃었다. 바로 내가 궁금했던 이야기다. 불쌍한 사람이었네. 용서해 줘도 되겠는데….

그리고 쇼팽은 생애 열아홉 곡 이상의 왈츠를 썼다. 하지만 쇼팽의 왈츠 중에는 '춤을 출 수 없는' 곡이 많다. 화려함이나 경쾌함보다 슬픔과 고독이 느껴진다. '나는 통속적인 왈츠 따위 만들 마음이 없다'는 천재 쇼팽의 의지랄까, 미학이랄까, 긍지에서 기인하지 않았을까 하고 많은 사람이 추측한다. 하지만 그의 프라이드와는 달리 소곤대는 듯한 쇼팽의 왈츠는 당시 사람들에게는 지나치게 생소해서 전혀 인기가 없었던 듯하다. 쇼팽도 그런 반응을 신경 썼다고 한다. 분명 상처를 받았을 것이다.

쇼팽에 멋대로 과몰입

검색할수록 점점 쇼팽이 가엾게 느껴졌다.

인간은 슬픈 존재다. 아무리 뛰어난 재능의 인물이라도 나약함과 모순과 허영심과 콤플렉스를 지녔다. 천재라고 해서 예외는 아니다.

우리는 재능이 많은 사람을 부러워하지만 사실 재능이 많은 사람일수록 괴로움도 클지 모른다. 하늘로부터 부여받은 능력은 말하자면 평생 지고 가야 할 짐이다. 숙명적으로 그 짐을 진 자는 평생 그 짐을 등에 지고 비틀거리며 앞으로 나아가야 한다. 그 무게를 견딜 수 없게 됐을 때 눈앞에 있는 것은 죽음이다.

쇼팽이 사망한 나이는 실제로 겨우 서른아홉이었다. 조국의 수난, 추문에 휩싸인 연애, 엄습하는 질병. 그 모든 슬픈 운명이 쇼팽의 재능을 꽃피우는 연료가 되었고, 누에가 실을 뽑듯 곡을 쓰고 또 쓰다가 불쑥 죽음을 맞이했을 것이다. 이것이 비극이 아니면 무엇이겠는가. 쇼팽의 초상화는 전부 어딘가 음울한 표정인데 그럴 수밖에 없겠다는 생각이 든다.

문득 나 자신에 대해 생각했다.

나는 53살이다. 이미 쇼팽보다 훨씬 오래 살았다. 그리고 앞으로도 더 살 예정. 하지만 아무리 오래 산다고 해도 쇼팽이 생애에 이룬 업적의 100분의 1에도 도달하지 못할 것이다. 일단 글쓰는 일로 밥벌이를 하고 있지만 원 없이 쓸 수 있을 만큼의 재능도 없으며, 그 와중에 이렇게 세상에 아무런 도움도 되지 않는 형편없는 피아노 연주를 하고 있다. 정말이지 느슨하고 지루한 평범한 사람의 인생이다. 쇼팽의 생애를 마주하자 왜인지 미안한 기분이 든다.

하지만 그런 나도 아주 조금은 쇼팽을 이해하게 된 기분이다. 평범한 사람이건 천재이건 모두 주어진 운명을 피할 수는 없다. 결과가 어떻든 날마다 버둥거리며 앞으로 나아가는 수밖에 없다.

나는 피아노 앞에 앉아 다시 나지막한 왈츠를 치기 시작
했다.

휘청휘청, 움찔움찔

하루하루가 초조함 속에서 흘러간다.

연주는 조금도 나아지지 않아 남 보기 부끄러웠고, 그러다
보니 카페에 손님이 있을 때는 피아노를 치기가 어려웠다.
어쩔 수 없이 연습 시간이 줄어들어 다시 실력이 늘지 않는
악순환이었다. 이 상태를 극복해야 한다는 마음에 열심히 피
아노를 치던 어느 날, 주인인 후지사키 씨가 말했다. "왠지
이나가키 씨의 불안함이 느껴져요." 그 말을 듣고 더욱 충격
에 빠졌다.

사실 그때는 내심 '조금은 나아졌다'고 생각하며 연주하고
있었다. 적어도 악보를 따라 칠 수는 있어서 그런대로 '곡'의
모습을 갖춘 느낌이었다.

하지만 후지사키 씨의 지적에 새삼 자신을 돌아보니 확실
히 맞는 말이었다.

나는 피아노를 아주 조심스럽게 치고 있었다. 쇼팽의 곡은
한번 틀리면 끝이기 때문이다.

화음이 무지막지하게 많다. 화음으로 멜로디를 이루고 있

어서 한 음이라도 건반을 잘못 누르는 날에는 모든 게 엉망 진창이 된다! 완전히 무너져 내린다. 배우 전원이 쓰러지는 요시모토신희극◆이 된다. 아니, 희극은 애초에 웃음을 주려는 의도가 있으니 괜찮지만 이건 쇼팽이다. 아무리 서투른 연주 라도 멜로디는 아름다울 수밖에 없다. 그런 아름다운 곡을 연주하다가 느닷없이 삐걱대고 버벅거린다면 듣는 사람 입 장에서는 웃음은커녕 짜증만 최대치가 될 게 분명하다. 나는 그런 상황을 떠올릴 수밖에 없어서 움찔움찔하게 된다. 그래 서 손도 마음도 위축된다. 그 바람에 또 실수를 한다. 그럼 더 욱 두려워져서 또 다시 실수하는 무한 반복의 굴레에 빠진 다. 듣는 사람도 조마조마해질 수밖에 없다. 왜 그들이 불안 해하는지 알 수 없지만 아무튼 불안해진다.

… 후지사키 씨, 진심으로 미안합니다.

그래서 밤늦게 아무도 없는 카페로 출근했다. 소음기를 사 용해서 소리를 줄이고 움찔거리며 연습한다. 움찔움찔하느 라 신기할 정도로 발전이 없지만 다음 레슨일이 다가오고 있 어서 무조건 하는 수밖에 없다. 그러다가 냉정하게 내 모습 을 돌아보니 대체 뭘 하고 있는지 알 수 없다. 업무 시간도

◆ 일본의 희극인 극단 또는 그 극단의 공연.

확연하게 줄었다. 그나마 취미로 즐겁기만 하다면 괜찮지만 지금은 암중모색. 이미 언제 때려치워도 이상하지 않을 상황이다.

머리가 가벼워지면 손가락도 가벼워진다

어느 밤 평상시처럼 카페로 '피아노 출근'을 했는데 카페는 마감 중이었고 후지사키 씨는 쿵쾅거리며 테이블을 옮기고 있었다. 그리고 단골손님 두 사람이 잡담을 나누며 그 작업이 끝나기를 기다리고 있었다. 그 와중에 나는 평상시처럼 떠듬떠듬 연습을 시작했다.

그런데 아무리 마감 중에 잡담 중이라고 해도 역시 누군가가 듣고 있다고 생각하자 바보처럼 긴장해 버린다. 여하튼 부끄럽다. 어설프기 그지없는 왈츠는 정말로 촌스럽게 들린다. 쿵따따, 쿵따따…. 죄송한 마음을 가득 품고서 연습하고 있는데 한 손님(피아노를 치는 사람인 듯)이 나에게 불쑥 한마디를 건넨다.

"곧 손가락이 곡을 외우게 될 거예요. 그러면 즐거워져요."

뭐? 손가락이 곡을 외운다고? 그 한마디는 신의 계시처럼 내게 와 꽂혔다.

그동안 나는 계속 틀리지 않게 치는 데에만 필사적이었다.

건반을 보며 치다가 불안해지면 악보를 확인하며 신중하게 손의 위치를 찾는 데에 집중했다. 그러니까 곡을 머리로 외우려고 노력해 온 것이다. 열심히 두뇌를 가동하면서 틀리지 않도록 손을 움직였다. 그러다가 갑자기 기억이 날아가 버릴 때면, 엉뚱한 소리가 나왔고 그 바람에 몸은 긴장했다.

그런데 그게 아니었다. 곡을 기억하는 건 손가락이다!

듣고 보니 그랬다. 〈반짝반짝 작은 별〉도 머리로 기억해서 칠 수 있다고 생각했지만, 실은 몸이 기억하고 있었던 것이다. 생각하기에 앞서 손가락이 자연스럽게 이동했다.

그렇게 생각하자 마음이 무척 가벼워졌다.

이것저것 염려하지 않고 편안하게 조금 틀려도 된다는 생각으로 반복하면 되지 않을까? 그러다 보면 언젠가 손가락이 기억한다. 그러면 편하게 칠 수 있게 된다, 분명히.

그리고 정말로 기적이 일어났다. 모든 게 변했다.

그렇게 서툴렀던 왼손 운지가 가볍게 스르륵 이루어졌다. 여전히 실수는 많았지만 손가락을 믿고 담담하게 흘려보내며 치자, 어느새 머리로 생각하기에 앞서 손가락이 알아서 이동하는 게 아닌가.

그러자 손가락이 가볍다. 머리가 가벼워지자 손가락도 가벼워졌다. 그러면서 순식간에 '꿍따따'거리던 촌스러운 리듬이 크게 좋아졌다. 틀리지 않으려 애쓸 때는 전체가 제각각이었는데, 힘을 뺀 순간 갑자기 음이 멜로디가 되었다. 나 스스로 이렇게 말하기 뭐하지만, 내 피아노는 축음기의 세계에서 세련된 피아노 바(망상)의 세계로 일변했다. 게다가 '이렇게 연주하고 싶다'는 아이디어도 솟아난다.

상황이 바뀌자 '쇼팽, 좋은데?' 하는 생각이 들었다.

자유롭기 때문이다. 치기 힘든 부분은 과감하게 템포를 늦춰도 '나름' 들을 만하다. 요컨대 눈속임이 통한다! 모차르트 곡은 그렇게 할 수 없었다. 템포를 바꾸면 '눈속임'으로밖에 들리지 않는다(실제로 눈속임이다). 그리고 빠르게 칠수록 멋지다는 느낌이 든다. 하지만 쇼팽의 곡은 전혀 달랐다.

물론 아는 사람이 들으면 우스꽝스러운 쇼팽이겠지만 그래도 좋다. 일단은 자기 자신에게 취해서 치는 것이 중요하다. 내 피아노 연주를 가장 많이 듣는 단골손님은 분명히 나 자신이기 때문이다. 먼저 내가 나를 즐겁게 하지 못한다면 피아노를 치는 의미가 어디 있겠는가.

이렇게 해서 쇼팽을 시작한 지 3주 만에 처음으로 볕이 들기 시작했다.

쇼팽이 된 선생님

마침내 요네즈 선생님에게 쇼팽의 왈츠를 들려주는 날이다.

나는 전처럼 1시간 반 전에 카페에 와서 연습에 몰두했다. 그리고 선생님의 등장. 긴장. 그리고 역시나 엉망진창…. 평상시와 같았다. 거기에 더해 이번에는 도중에 멈춰 버렸다.

하지만 요네즈 선생님은 변함없이 "처음부터 이렇게 칠 수 있는 사람은 또 없어요!" 하고 격찬한다. 물론 칭찬이 선생님의 레슨 방식이라는 것은 알고 있다. 알고는 있지만 솔직히 이번에는 정말로 고마운 마음이 들었다. 정말로 고생했으니까, 죽어라고 연습했으니까!

하지만 선생님은 막상 칭찬은 했는데 구체적인 칭찬 포인트를 찾지 못했는지 잠시 침묵이 이어졌다. 선생님, 이런 신경까지 쓰게 해서 정말 죄송합니다! 나는 분위기를 바꾸려고 평상시처럼 궁금한 점을 계속해서 묻는다.

"연이어 검은 건반을 누르다 보니 손가락이 자꾸 미끄러져요."

"대체 쇼팽은 왜 이렇게 올림표투성이 곡을 썼나요?"

"이 정도면 괴롭히려고 작정한 거 아닌가요?"

정신을 차리고 보니 질문이 아닌 불만 토로였다.

그런데 놀랍게도 선생님은 그 모든 질문에 정말 설득력 있는 답변을 주셨다. 선생님의 그런 모습에 나는 깊이 감동했다. 선생님은 쇼팽이 아닌데도 쇼팽에 대한 나의 불만에 술술 대답했다. 선생님은 이미 거의 쇼팽이었다.

"쇼팽을 좋아합니다." 선생님이 말했다. 쇼팽을 싫어하는 사람은 거의 없으며, 오히려 쇼팽을 사랑하는 사람이 너무 많아서 시험에서는 함부로 쇼팽의 곡을 선택하지 않는 편이 좋다는 말도 들었다고 한다. 각자 '자신이 해석한 쇼팽'이 명확하다 보니 자신과 다른 해석의 연주를 견디기 힘들어하는 사람이 많다고. 오호, 그런 측면도 있군요….

참고로 선생님이 쇼팽을 좋아하는 이유는 '고향을 생각하는 슬픔'이 있기 때문이라고 한다. 확실히 쇼팽의 기본 정서는 슬픔인지도 모른다. 그리고 그것이 수많은 사람에게 '자신의 쇼팽'이 존재하는 이유일 것이다. 누구의 마음에나 슬픔은 있으니까.

보물 지도를 연주하다

그건 그렇고, 그날 레슨에 있었던 일이다.

엉망진창인 연주를 끝낸 뒤 "처음부터 다시 쳐 볼까요?"라는 선생님의 말씀에 나는 다시 연주를 시작했다. 그런데 바로 첫 소절부터 "앗, 거기 틀렸어요!" 하고 지적을 받았다.

첫 음에 붙은 붙임줄^{tie}을 보지 못했기 때문이다. 다시 조금 치자 "아, 그 부분도 틀렸어요!" 하신다. 이번에는 음을 늘여서 치라는 늘임표^{fermata}를 무시했던 것이다. 사실 못 본 척했다. 음표대로 건반을 누르기도 벅차서 그런 세세한 지시에는 손도 눈도 마음도 닿지 않았다. 선생님의 지적에 따라 악보대로 치려고 하자 역시 손가락 사용이 무척 복잡해진다. 정말 못해 먹겠다는 생각이 불쑥 들었지만, 그 뒤로 이어진 선생님의 설명을 듣고 나의 얄팍한 분노를 반성했다.

선생님 말씀에 따르면 이 음을 왜 길게 늘이는지에 주목하면 곡의 골격이 보인다고 한다. 메인 선율을 연주하면서 서브 음을 천천히 울리라는 것이 쇼팽의 지시인데, 이 서브 음이 곡의 흐름을 구성하고 있다는 것이다. 그렇게 말한 뒤 선생님은 실제로 서브 음만을 아름답게 연주해 보이신다.

우와… 뭐지, 이건! 뭔가 엄청나게 아름다운데? 반음씩 서글프게 내려가는 음의 흐름. 화려한 멜로디에 정신을 빼앗겨 완전히 무시했던 쇼팽의 의도가 여기에 있었다.

흥분한 나는 재빨리 따라 쳤지만 직접 쳐 보니 쉽지 않다. 손가락을 힘껏 벌리기도 하고 손의 위치를 바꿔 가며 건반을 이동하다 보니 술에 취해 다리가 꼬인 것처럼 손가락이 엉킨다. 꼭 이렇게까지 해야 하나 싶은 생각이 든다. 하지만 아마도 꼭 그렇게까지 해야 할 것이다. 쇼팽에게 그것은 중요한 '무언가'였다.

어렴풋이 알 것 같다.

악보는 작곡가가 남긴 보물 지도다. 작곡가는 오래전에 세상을 떠났고 남겨진 단서는 악보뿐이다. 그래서 그 곡에 매료된 연주자들은 악보에서 '무언가'를 필사적으로 읽어 내려고 할 것이다. 그런 생각을 하면서 악보를 다시 보니 확실히 다양한 내용이 적혀 있다. 같은 멜로디의 반복인데도 전반부에는 곳곳에 크레센도^{crescendo}◆가 붙어 있고, 후반부에는 아무것도 붙어 있지 않다. 그런 점들을 의식해 보면 좋겠다는 선생님의 말씀이 무슨 뜻인지 조금씩 이해되었다. 쇼팽은 왜 그렇게 지시했을까. 작곡가의 지시에 담긴 마음을 헤아리는 일이 연주자의 임무이자 연주의 참다운 즐거움이며 모든 것은 거기에서 비롯된다.

이 앞에 무엇이 있을까

그리고 그날, 더욱 인상에 남았던 한마디가 있다.

선생님은 연주의 이유가 자신의 실력을 보여 주기 위함이

◆ 점점 세게 연주하라는 셈여림표.

아니라고 한다. 이렇게 멋진 곡을 알고 싶고 이해하고 싶은 마음에서 연주한다고. 그, 그렇습니까? 그런 생각은 해 본 적도 없습니다…. 그렇다면 혹시 피아니스트는 '홀린 사람'이 아닐까. 작곡가가 내뱉은 '저주' 같은 것에 걸려서 그걸 다른 사람에게 전해야 하는 사명감을 갖게 된 사람들…. 그리고 선생님은 '전하고 싶다'는 마음이 강렬할수록 긴장하게 된다고 한다. 그런데 너무 긴장한 탓에 연주가 엉망이 되어도 그 연주가 좋다며 들으러 오는 사람이 있다고 덧붙였다.

그, 그렇습니까? 그런 마니아의 세계가…?

하지만 뭔가 알 것 같은 기분도 들었다.

생각해 보면 무난한 연주는 기계도 할 수 있다. 그렇지만 그런 연주는 사람들이 정말로 원하는 것이 아닐 것이다. 사람들은 자신의 마음을 움직여 주길 원한다. 용솟음치는 에너지를 느끼고 싶어 한다. 작곡가의 정열, 거기에 매료된 연주자의 전하고 싶은 마음, 그것을 위해 희생한 시간, 두려움을 떨치고 무대로 나서는 용기. 이 모든 것을 온몸으로 받아들이는 것이 라이브 연주를 듣는 참다운 즐거움이 아닐까.

생각해 보면 즐겁기보다는 실로 무서운 세계다.

그래서 나는 무엇을 목표로 하고 있을까. 피아노를 배운다는 건 어떤 의미일까? 그저 시간 때우기? 아니면 다른 어떤 의미가 있을까. 아니, 일단은 눈앞의 곡을 내 나름대로 치게 될 때까지 노력하자. 그렇게 하면 그 앞에 무언가가 있을지도 모르고 없을지도 모른다.

뭐 산다는 게 그런 것 아니겠는가.

페달, 제3의 요소

쇼팽의 왈츠 두 번째 레슨이 다가왔다.

최근 한 달 동안 지난 레슨에서 지적받은 사항을 고치기 위해 무던히 노력했다. 악보대로 음을 늘이기 위해 어쩔 수 없이 손가락 사용을 전부 변경했고, 손가락이 끊어지는 건 아닐까 우려가 될 정도로 필사적으로 건반을 눌렀다. 그랬더니 제법 친다고 생각했던 곡은 순식간에 만신창이가 되었다. 하지만 이를 악물고 연습하다 보니 어느새 이전보다 훨씬 편하고 매끄럽게, 호스에 꽉 막혀 있던 기름과 쓰레기가 제거된 것처럼 몸도 손가락도 소리도 부드럽게 흐르기 시작했다! 역시 선생님. 이렇게 되리라는 것을 알고 계셨군요!

이제 성과물을 보여 주겠다고 의기양양했지만, 변함없이 찾아온 긴장감 탓에 매끄러운 연주는커녕 고장 난 오르골 같은 왈츠가 되었다. 왜 매번 이 모양인가 싶어 낙담하고 있는 아줌마는 안중에도 없이 요네즈 선생님은 여전히 긍정적이다. "음, 좋네요. 이번에는 페달을 사용해 보죠!"

마침내… 페달인가.

어렸을 때는 무척이나 득의양양해서 페달을 밟았던 기억이 난다. 페달을 밟으면 그럴싸하게 들린다. 요컨대 눈속임이 통한다고 생각했다. 하지만 40년 만에 다시 피아노를 시작한 이후로는 페달을 계속 피해 왔다.

무엇보다 페달을 생각할 겨를이 없었다. 양손만으로도 벅차서 제3의 요소를 끌어들일 여유가 전혀 없었다.

하지만 꼭 그뿐만은 아니다. 페달을 밟기 시작하면 가장 중요한 손가락에 소홀해질 수 있다는 생각에 취한 나름의 금욕적인 조치였다. 일단 페달에 의지하지 않고 제대로 치는 게 더 중요하지 않을까? 제대로 치지도 못하면서 그럴싸하게 보이려고 하다니, 아직은 한참 이르다. 지금의 나는 눈속임으로 치려던 어린 시절과 달리 어엿한 어른이지만 선생님의 지시이니 따라야만 한다. 그래서 본의 아니게 페달에 도전하게 되었다.

자세히 보니 악보에는 페달 기호가 분명하게 적혀 있었다. 여기서 밟는다, 그리고 여기서 뗀다. 친절하다. 생각해 보니 손과는 달리 발은 밟고 떼는 두 가지 동작뿐이다. 이 정도라면 할 수 있지 않을까 싶었다.

그런데 선생님이 갑자기 "페달 기호는 무시하고 내키는 대로 밟아 보세요"라고 말씀하셨다.

응? 대, 대체 왜? 의아해하는 내게 선생님은 "그 표시는 쇼팽이 한 것이 아니니까요"라고 설명했다. 쇼팽은 연주의 템포나 소리의 강약과 연결 같은 건 상세하게 지시해 놓고서 페달은 지시하지 않았다고? 페달이 연주에 미치는 영향은 꽤 클 텐데?

하지만 선생님의 설명을 듣자 고개가 끄덕여졌다.

쇼팽의 시대와 현대는 피아노 페달의 울리는 방식이 전혀 다르다고 한다. 그래서 후세 사람이 지금의 피아노에 맞춰 새롭게 적어 넣은 것이다. 그러니까 그 지시는 그 사람의 취향과 다름없다. 그래서 그 지시를 꼭 따를 필요는 없으며 개개인의 연주자가 자신의 의도에 맞게 원하는 대로 밟으면 된다는 것이다.

창의성이 필요해

하지만 지금 고개나 끄덕일 때가 아니다. 악보대로 하면 된다고 안심하고 있었는데 원하는 대로 하라는 뜻밖의 창의성을 요구받으니 머릿속이 새하얘졌다. 하지만 하는 수밖에 없다. 일단 악보의 지시에 따라 조심조심 밟았다.

Andante très expressif

pp

으앗!

소리가 제멋대로 퍼진다. 고삐 풀린 말처럼 멋대로 달려가는 내 피아노 소리. 게다가 그 소리에 겁을 먹자 곧바로 발을 떼고 싶어진다. 하지만 페달에서 발을 뗀 순간 말은 끼익하고 급정지해 버린다. 방금만 해도 길게 늘어지던 소리가 갑자기 언짢은 듯 뚝뚝 끊어진다. 하지만 다시 밟으면 또 길게 퍼져 나간다. 페달을 밟아도 떼어도 마찬가지로 부끄럽다. 페달이란 무서운 존재였다!

하지만 조금씩 감이 잡혔다.

그 시작은 선생님의 가벼운 도발이었다. 우왕좌왕하는 내게 "이 부분은 페달을 어떻게 사용하실래요? 개성이 드러나는 부분이거든요" 하는 것이 아닌가. 뭐라고요? 개성이고 뭐고 지금 제 상태를 보세요! 그런 여유가 있어 보이세요? 나는 마음속으로 그렇게 항변하면서도 한편으로는 투쟁심이 솟았는데 그 원인은 치열한 경쟁사회에 속했던 전직 샐러리맨의 습관이다.

악보에는 한 소절씩 페달을 밟게 되어 있다. 그래서 처음에는 그대로 따라 했는데 소리가 너무 지루하게 늘어졌다. 그래서 잠시 고민한 뒤 전반부에서는 밟고 후반부에서는 발을 떼어 보았다. 어라, 느낌이 좀 괜찮은데? 늘어짐도 있지만 한편 끊어짐도 있다. 어딘가 맥주 광고 같은 문구다. 그래, 이런 식으로 하면 되는구나. 리드미컬하게 밟는 느낌도 알 것 같았다. 여기서는 밟고, 여기서는 떼고 하면서 머리로 생각할 게 아니라 몸 전체로 음을 타는 듯한 느낌으로 밟으면 되지 않을까.

그러자 선생님은 고개를 끄덕이며 "좋은 느낌인데요" 하신다. 성공이다! 눈앞의 안개가 조금은 걷히는 기분이 들었다.

그리고 선생님의 연주를 들었다. 이렇게 평온하다니. 페달을 밟으니 표현의 폭에 날개가 달린 듯한 여유가 생겼다. 여기는 섬세하게. 여기는 편안하게. 나도 따라 해 보니 서툰 솜씨에도 그 나름의 분위기가 생기는 것 같았다. 뭔가… 기분 좋아!

손뿐만 아니라 발도 사용한다고 생각했을 때는 어렵게만 느껴졌는데 아무래도 그렇지 않은 듯하다. 발의 힘을 빌리니까 힘들이지 않고 편안하게 칠 수 있게 된다. 페달의 도움을 받는다고 생각하자 어깨와 팔의 불필요한 힘이 빠져나간다. 페달 사용은 눈속임이라고도 할 수 있지만, 그 눈속임의 힘을 이용해서 더 느긋하고 여유 있고 폭넓게 피아노를 칠 수 있다면 나쁠 것도 없지 않은가. 눈속임 만세! 덕분에 완고하

게 지켜 온 금욕적인 마음은 흔적도 없이 사라졌고, 강력한
아군이 나타난 기분이 들어 조금 안심되었다.

어른의 피아노를
시작하는 법 1

부럽다는 생각이 들었다면

어른이 피아노를 배우는 건 생각보다 높은 난도의 일이 아닐까. 다른 악기도 아닌 피아노라는 악기. 악기의 몸집은 거대하고 소리도 크고 물론 가격도 만만치 않다. 게다가 선생님도 필요하고 연습 시간도 확보해야 한다. 현실적으로 넘어야 할 장애물이 계속해서 나타나는데 그때마다 어떡하나 하며 멈춰 서다 보면 시간은 화살처럼 빠르게 흘러가 버려 순식간에 인생의 막이 내려온다.

이렇게 말하는 나도 막연하게 피아노를 다시 치고 싶다고 생각한 때는 마흔이 되었을 무렵이었다. 하지만 당시에는 신문 기자라는 불안정한 직업 때문에 여유가 없어 포기하는 수밖에 없었다. 하지만 이대로 하고 싶은 일도 못 한 채 인생이 끝난다고 생각하니 안 되겠다는 생각이 들었다. 물론 그 이유 때문만은 아니지만 50살에 회사를 그만두었다. 그래도 여전히 집에 피아노도 없을 뿐더러 선생님을 찾을 방법도 없던 터라 피아노와의 재회는 그리 쉽게 성사되지 않았다. 마침내 꿈을 이룬 것은 그로부터 3년 뒤, 53살이 되어서였다.

그러니 당연히 만나는 사람마다 자랑하고 싶어 안달이 날 만도 하다. 대화 중에 아주 잠깐의 틈만 생기면 재빠르게 "나 있지, 최근에 피아노를 배우기 시작했어. 초등학교 때 배운 뒤로 처음이야!" 하고 콧구멍을 벌렁거리며 떠들었다.

그러면 정말 대부분의 사람들이 "좋겠다!!"라고 반응한다. 특히 나와 같은 세대의 여성은 90퍼센트 이상이 그런 반응을 보였다.

그렇구나… 모두 피아노를 치고 싶은 마음이 있구나!

충분히 이해한다. 피아노를 칠 수 있다는 건 정말로 멋진 일이기 때문이다. 물론 모든 악기가 다 멋있지만, 피아노는 또 각별하지 않을까. 무엇보다 일단 혼자서 곡을 완성할 수 있다. 그리고 클래식부터 시작해서 재즈와 대중음악까지 피아노 명곡엔 끝이 없다. 그러니까 피아노는 오로지 혼자서도 좋아하는 음악을 자유자재로 연주할 수 있는 희한한 악기다. 그리고 오른손과 왼손을 자유롭게 움직이면서 화려한 선율과 복잡한 화음을 이루어 내는 모습은 실로 지적이다. 드넓은 하늘을 자유롭게 날며 지저귀는 새 같기도 하다. 아, 나도 저렇게 칠 수 있다면….

그래서 모두 이구동성으로 부럽다고 외치는 것이리라.

그러면 꼭 한번 시작해 보는 건 어떨까.

여하튼 나 같은 사람도 해냈으니까. 나의 경우, 피아노도 없었고 이제 와서 손이 움직여 줄지 어떨지도 전혀 가늠할 수 없었지만 용기를 내서 한 발 내딛어 보니 충분히 가능했다.

그리고 진심으로 시작하길 잘했다고 생각하고 있다.

어른의 피아노는 어릴 적과 다르다

어떤 점이 좋았는지는 이 책을 끝까지 읽으면 알 수 있는데 확실하게 말할 수 있는 것은 어릴 적에 쳤던 피아노와 어른이 된 후에 치는 피아노는 전혀 다르다는 점이다. 어릴 적 피아노는 누군가 시켜서 하는 숙제였다. 재미없는 연습을 꿋꿋하게 견디면 언젠가는 끝이 난다고 믿으며, 하지만 그 끝이 언제 올지 모르는 채로 그저 무서운 선생님의 감시 하에 떨면서 연습하는 수밖에 없었다.

하지만 어른의 피아노는 다르다. 누군가의 강요가 아니라 자신이 원해서 치는 것이다. 그것이 얼마나 기분 좋은 일인지 경험해 보면 누구나 놀란다. 또 한 가지, 결승점이 없어서 좋다. 대놓고 말하기 좀 뭐하지만 다 큰 어른이 이제 와서 열심히 연습한다고 해 봐야 수준은 뻔하다.

그런데도 즐거울 수 있다니 정말로 신선한 세계가 아닌가.

그 즐거운 경험을 하고 나니 이처럼 멋진 세계를 혼자 독점해도 괜찮을까 싶은 마음이 들었다.

그래서 한 사람이라도 더 많은 사람이 용기를 내서 이 세계로 뛰어드는 계기가 되기를 바라는 마음으로, 부족한 내가 실제로 어떤 피아노 라이프를 보내고 있는지를 이 페이지에서 다루고자 한다. 물론 피아노를 시작하는 방법은 다양할 것이며 내 방법은 특수한 경우라고 생각할 수도 있다. 사실 꽤 특수하다. 그런데도 굳이 이 글을 쓰는 이유는 하고 싶은 마음만 있으면 방법은 얼마든지 있다는 말을 하고 싶어서다. 중요한 것은 한 발 내딛는 것. 그리고 포기하지 않는 것.

그러면 이제 편안하게 웃으면서 읽어 주길 바란다.

선생님은 무섭지 않다

먼저 선생님을 찾는 법이다.

보통은 다른 무엇보다 피아노를 확보하는 게 먼저겠지만 내가 선생님 찾기부터 시작하는 데에는 그럴 만한 이유가 있다.

앞에서도 말했듯이 정말 많은 사람이 자신도 배우고 싶다고 말하지만, 그 뒤로 묘한 침묵이 흐른다. '하고는 싶어. 하지만…' 이런 느낌이다.

하지만… 그다음 하지 못한 말은 뭘까?

내게는 그 마음이 손바닥 들여다보듯 충분히 읽힌다.

피아노를 배우고 싶다는 말은 자신이 좋아하는 곡을 자유롭게 칠 수 있으면 좋겠다는 의미일 것이다. 하지만 그 수준에 이르기까지는 분명히 기나긴 여정이 기다리고 있고, 많은 사람이 그 여정이 무엇으로 가득 차 있는지 이미 잘 알고 있다.

그렇다. 고통 그 자체인 레슨이다!

연습곡을 지겹도록 쳐야 하는데 무시무시한 선생님이 옆에서 그 모습을 짜증스럽게 감시한다면 그 과정이 과연 즐거울 수 있을까. 대다수의 사람이 그 고통을 극복하지 못하고 금세 때려치운 아픈 과거를 지니고 있다. 그래서 막상 한 발 내딛으려고 하면 그 괴로운 기억이 떠올라 망설이게 되는 것이리라.

하지만 포기하기에는 너무 아깝다! 시대가 변했다는 사실을 강조하고 싶다.

{ tip }

이제는 그런 과정을 겪을 필요가 없다. 당신은 그냥 곧장 선망하는 곡을 향해 전진하면 된다. 무엇보다 우리 중장년에게는 이미 시간이 없지 않은가. 체르니^{Czerny} 나 바이엘^{Beyer}에 붙잡힌 채 '언젠가는' 따위의 말을 하고 있을 여유가 없다.

그리고 그 지점을 보완해 주는 선생님이 좋은 선생님이라고 생각한다. 좋은 선생님을 만나면 어렸을 때의 악몽을 재현할 필요가 없다. 피아노를 치고 싶다는 솔직한 로망을 지금 바로 즐겁게 실현하면 된다.

그러면 이제 선생님을 찾는 방법이다.

일단 안심하라. 요즘에는 무서운 선생님이 거의 없다.

이유는 단순하다. 바로 경제 논리라는 녀석 덕분이다. 예전에는 여자아이라면 대부분 피아노를 배웠고 피아노 선생님에게는 학생들이 쉽게 모여들었다. 하지만 요즘 세상은 다양화의 시대라 피아노는 수많은 특기 중 하나에 불과하다. 게다가 아이들 인구 자체도 줄었다. 그러다 보니 나처럼 인생의 끝이 보이기 시작한 중장년이 피아노 수강생의 주류를 이룬다. 이런 상황에서 불친절하게 피아노를 가르쳤다가는 수강생이 한 명도 오지 않는다고, 여러 선생님이 공통으로 증언한 바 있다.

다시 말하지만 이제 무서운 선생님은 없다. 그러니 주저할 필요가 없다. 일단 인터넷 등을 검색해서 가까운 피아노 교실의 문을 두드려 체험 레슨을 받아 보았으면 한다.

그리고 중요한 건 지금부터다.

공포 체험을 해 버린 우리는 어쩔 수 없이 선생님이 무서운지 아닌지에 주목하게 되지만, 물론 그보다 더 중요한 게 있다. 그 선생님이 어떤 교습법으로 가르치는가 하는 점이다.

예전에는 그런 것에 신경 쓸 필요가 없었다. 선생님은 전부 거의 같은 교습법을 사용했기 때문이다. 피아노를 배운다고 하면 바이엘부터 시작해서 부르크뮐러Burgmüller, 체르니 등 이른바 '교칙본'을 순서대로 진행하는 방법이 당연시되었다. 나는 어렸을 때 부모님의 직업 특성상 자주 이사를 했고 그때마다 선생님을 바꿨지만 레슨에 아무런 지장이 없었다. 선생님이 바뀌어도 가르치는 내용은 거의 똑같았기 때문이다.

하지만 요즘은 상황이 계속 변하고 있다. 선생님에 따라 가르치는 방식이나 곡의 선택법도 제각각. 예전의 방식을 고수하는 선생님이 있는가 하면 그렇지 않은 선생님도 있다.

이제는 자신에게 맞는 선생님을 직접 찾는 시대다. 찾아보면 자신에게 맞는 선생님은 반드시 있다. 하지만 반대로 생각해 보면 그 말은 결국 자신은 왜 피아노를 배우고 싶은지, 어떤 식으로 피아노를 대하고 싶은지, 그리고 궁극적으로는

{ tip }

자신은 왜 피아노를 치는지에 대한 철학적인 질문이 필요하다고 할 수 있다. 그 질문에 대한 답을 모르면 어떤 선생님이 자신에게 맞는지도 알 수 없다.

그렇게 생각하면 좋은 시대인 것 같으면서도 어떤 의미에서는 어려운 시대가 되었다.

피아니스트에게 배운다는 것

그런데 나 역시도 피아니스트에게 피아노를 배운다는 생각은 하지 못했다. 일반적으로는 피아니스트를 목표로 하는 사람이 피아니스트를 선생님으로 둘 것이다. 하지만 나는 40년 만에 처음 피아노를 마주했을 뿐인 거의 초보자인 데다가 나이도 많다. 미래가 없는 학생이라 해도 무방하다. 그렇다면 뻔뻔함에도 정도가 있지, 감히 피아니스트 선생님이라니. 벌을 받아 마땅한 아주 비양심적인 행동이 아닐까.

그런데도 나는 피아니스트에게 배우고 있다.

여기에는 나름의 사정이 있다. 우연한 인연으로 피아노 전문지에 '40년 만의 피아노 재개'라는 체험 수기를 쓰게 된 데에서 이야기가 시작되었고, 잡지 편집부에서는 나의 동기부여를 위해 젊은 훈남 피아니스트를 섭외했다고… 잠깐, 무슨 말씀을? 동기부여고 뭐고 의욕이 넘쳐서 주체가 안 되는 판

국인데 왜 굳이? 하지만 내 의지와 무관하게 이미 계획은 착착 실행되었고, 놀랍게도 훈남 선생님도 그 제안을 무척 재미있어했다. 전 하나도 재미없거든요! 그렇게 한바탕 반항은 했지만, 레슨은 결국 진행되었다.

그리고 결론부터 말하자면 내게는 최고의 선택이었다. 물론 내 주관적인 생각이기도 하고, 처음에는 재미있어하던 선생님이 지금은 어떻게 생각하는지는 모른다(무서워서 물어볼 수 없다). 하지만 지금의 나로서는 기대 이상의 인연을 만들어 준 편집부에 감사할 따름이다.

여기서 중요한 정보 한 가지.

피아니스트에게 피아노를 배우는 것이 굉장히 특수하거나 특별한 경우는 아닌 듯하다. 비용만 내면 재능도 실력도 연줄도 필요 없다. 어린이든 어른이든 얼마든지 배울 수 있다. 그리고 비용도 세간의 일반적인 피아노 강사와 크게 다르지 않다. 불초의 제자로서는 우리 선생님을 너무 싼값에 부른 것 같아 불편한 마음도 있지만, 좋고 나쁨을 떠나서 이게 현실이다. 여하튼 생각만 있으면 지금 당장이라도 피아니스트에게 피아노를 배울 수 있다. 한 번뿐인 인생, 그러한 도전도 꼭 해 보길! 이렇게 의기양양하게 말하다가 문득 깨달았다.

{ tip }

당연히 선생님이 대단하다고 제자가 대단해지는 것은 아니다. 피아니스트에게 피아노를 배운다고 자랑하면 누구나 대단하다며 놀라지만, 어쩔 땐 단지 그뿐이라는 사실에 서글픔도 느낀다. 무엇보다 중요한 건 나 자신이 즐겁고 신나게 피아노를 계속 치는 것이다. 그러기 위해서는 자신의 목적과 성격과 사고방식에 맞는 선생님을 선택하는 일이 가장 중요하다.

여하튼 실제로 피아니스트에게 피아노를 배워 본 사람으로서 그 장단점을 내 나름 정리했다.

장점1 선생님의 멋진 연주를 눈앞에서 볼 수 있다

무엇보다 이 부분이 가장 크다. 레슨 때마다 내가 이런 행운을 누린다는 사실에 감동한다. 진짜 프로 피아니스트가 바로 내 눈앞에서, 더구나 나만을 위해 연주한다. 내가 누려도 되는 걸까 싶다. 더구나 내가 지금 연습 중인 곡인 만큼 연주의 훌륭함은 더욱 뼈저리게 느껴진다. 몇 번을 경험해도 너무 감동적이어서 눈앞이 뿌예질 정도다.

하지만 동시에 죽고 싶은 마음도 든다. 같은 악기에 같은 곡인데 이렇게 다르다니! 우리가 같은 인간이긴 한가? 어떻게든 이 격차를 줄여 보려고 이를 악물고 연습해도 다음 레슨이 되면 다시 감동하고 동시에 절망에 빠지는 이 과정이 끊임없이 반복된다. 요컨대 나는 선생님의 연주가 너무 좋고, 그리고 송구하게도 언젠가는 저렇게 연주해 보고 싶다는 생각에 마음이 심란해진다. 물론 나의 크나큰 착각이지만 그런 착각을 할 수 있는 것조차 프로에게 배우는 최고의 즐거움 아니겠는가.

장점2 선생님의 지도 스케일이 크다

레슨 때마다 항상 느끼는데 선생님은 엄청나게 큰 틀에서 내 연주를 보고 있다는 생각이 든다.

연주가 아무리 엉망진창이어도 틀린 부분을 일일이 지적하는 경우가 없다. 잠깐, 방금 든 생각인데, 혹시 지적하기 힘들 만큼 틀린 부분이 많아서는 아니었을까. 뭐 그렇다고 하더라도 여하튼 선생님은 어떻게 해서든 '좋은 점'을 찾으려고 하신다. 내가 아무리 정체불명의 연주를 해도 '사실은 이렇게 치고 싶었던 걸 거야' 생각하며 최선을 다해 헤아리고 최대한 존중한 후에 "사소한 부분입니다만…" 하며 수정해야 할 부분을 구체적으로 알려 준다.

그렇다. 선생님은 채점가가 아니라 음악가이다.

음악가는 음악이란 대체 무엇인가를 일반인보다 백만 배

{ tip }

는 더 생각하는 사람일 테고, 거기에 손쉬운 답 따위가 있을
리도 없다. 결국은 음악을 대하는 선생님의 태도는 무척이나
겸허하다고 생각한다. 그래서 무엇도 단정 짓지 않고 나처럼
부족한 학생에게도 그 나름의 음악이 있다고 믿는 것이다.
분명 학생이 100명 있으면 백 가지의 도달점을 찾아 각각 전
혀 다른 지도를 해 줄 것이다.

그래서 선생님의 레슨을 받을 때마다 나는 내 안에도 음악
이 있다고 믿게 된다. 정말 멋지지 않은가!

장점3 선생님의 콘서트에 갈 수 있다

이 또한 정말로 행복한 일이다. 늠름하고 우아한 모습으로
멋지게 연주하는 선생님이 너무 자랑스러워서 나는 옆에 앉
은 낯선 아주머니에게 '사실은 제가 저분에게 피아노를 배우
고 있답니다!'라고 말하고 싶어서 입이 근질근질한다. 그뿐
만이 아니다. 그래도 타인보다는 가까운 제자랍시고 매번 엄
마라도 된 양 객석에서 긴장하는 바람에 손에 땀이 흥건하
다. 그리고 멋지게 연주를 마쳤을 때 '해냈다'라는 감동은 본
인보다 어쩌면 내가 더 크지 않을까 생각한 적도 있다(그럴
리는 없다).

여하튼 이런 행동이 완전히 몸에 배면 다른 사람의 콘서트

에 가서도 나도 모르게 객석에서 혼자 긴장하게 된다. 내 마음대로 어느새 관객이 아닌 연주자의 마음이 된다.

그 이유는 결국 프로이건 아마추어건 피아노를 치는 행위 그 자체에서 느끼는 기쁨도 슬픔도 공포도 고충도 마찬가지임을 배웠기 때문이 아닐까. 아무리 경험이 많고 재능이 있는 프로라고 해도 쉽게 이루어지는 연주는 없다. 재능이 많건 적건 그 재능을 꽃피우는 일은 살아 있는 인간의 몫이다. 그렇기에 운명으로부터 도망치지 않고 오로지 홀로 중책을 맡아 고독하게 무대에 서서 어떠한 악조건에서도 '끝마치고 돌아오는' 피아니스트들의 집념과 용기에 매번 놀라지 않을 수 없다. 인간은 약한 존재이지만 어떤 일념에 따라서는 엄청난 강인함을 발휘하는 존재다.

나는 그 사실을 깨달은 후부터 연주를 듣는 기쁨과 감동이 한층 깊어졌다. 그리고 나도 용기 있게 피아노 연주를 해낼 수 있도록 꾸준히 노력해야겠다고 다짐한다.

피아니스트에게 피아노를 배우는 데에는 이처럼 크나큰 장점이 있지만, 한편으로는 사람에 따라 맞지 않을 수도 있다.

먼저 피아니스트의 본분은 피아노 강사가 아니다.

{ tip }

어디까지나 피아노의 길을 추구하는 것이 본분이기에, 그 길을 가는 과정에서 자신이 얻은 귀중한 교훈을 학생들에게 나눠주는 정도라고 생각해야 한다.

따라서 세심하게 이것저것 살펴봐 주지는 않는다. 사실 나처럼 레슨을 한 달에 한 번밖에 받지 않으면 레슨 때마다 "그러니까, 이나가키 씨는 무슨 곡을 치고 있었죠?"라는 질문을 받는다. 처음에는 '뭐야, 그것도 기억 못 하는 거야?' 하며 일일이 섭섭함을 느꼈는데, 나도 강해졌다. 당연하게 받아들이지 않으면 곤란하다.

그렇게 곁눈질도 하지 않고 자신의 길을 추구하는 사람이라서 선생님의 조언은 더욱 핵심을 찌르며 스민다. 어떤 지침서에서 나오는 조언이 아니다. 높은 지점을 목표로 하는 사람 특유의, 상처투성이의 실제 경험에서 나오는 소중한 한마디는 분명히 내가 목표로 해야 할 길이다.

그리고 혹시나 해서 말해 두는데, 선생님은 내가 무슨 곡을 연습하는지는 기억하지 못해도 '피아노를 치는 이나가키 씨'라는 총체적인 존재는, 그리고 핵심적인 부분은 분명하게 기억한다. 그렇기 때문에 내가 한 달 동안 고독하게 연습하면서 아무리 해도 해결이 되지 않았던 부분이나 막혔던 부분에 대한 대답을 레슨 때마다 들을 수 있다. 나는 그 한마디를 끌어안고 고개를 끄덕이며 다음 한 달을 피아노와 함께 보낸다.

말하자면 선생님에게 받을 수 있는 것은 '한마디'이다.

선생님은 어쩌면 말한 순간부터 까맣게 잊어버릴지도 모를 그 한마디를 보물처럼 소중하게 품고 집에 돌아와 수도 없이 꺼내 보면서도 질리지 않을 사람이라면 괜찮다. 그러니 부디 피아니스트에게 배워 보길. 좋은 만남을 가지면 당신의 피아노 라이프는 상상했던 것보다 몇 배나 깊고 힘들고 기약 없을 수도 있다. 하지만 그 덕분에 피아노가 일생의 친구가 될 수 있다고 장담한다.

하지만 잊지 말아야 할 한 가지는 누구에게 배우든 피아노를 치는 사람은 본인이라는 사실이다. 자신에게 맞는 선생님을 찾는 것이 가장 중요하다.

건투를 빈다.

{ tip }

2악장

꿈의 곡을 연주하다

종일 피아노곡을 재생 중

반세기 이상을 살아온 내 인생에서 1, 2위를 다툴 만큼 막대한 노력을 쇼팽의 왈츠에 기울인(빼앗긴) 결과, 비록 고장난 오르골 같기는 해도 조금씩 곡다운 곡을 내 손으로 칠 수 있게 되었다.

감동, 또 감동.

〈반짝반짝 작은 별〉을 간신히 치게 되어 느꼈던 몇 개월 전의 기쁨과는 전혀 다르다.

물론 40년 전 발표회에서 연주했던 곡을 지금도 칠 수 있게 되어 기뻤다. 하지만 그건 어떤 의미에서는 당연한 일이다. 녹슬었다고는 해도 나는 나니까. 여하튼 과거의 나를 발굴해 내면 가능한 연주다.

하지만 쇼팽은 다르다.

우선 이 나이에 새로운 곡에 도전했는데, 상상보다 백 배는 더 어려웠고, 아니 애초에 악보도 읽을 수 없었고, 간신히 암호 해독은 했으나 이번에는 악보와 손이 전혀 연결되지 않는다. 마치 에베레스트를 오르는 듯한 끝없는 여정에 기절할 것 같아 때려치우려고 마음먹은 순간이 몇 번이던가! 엄밀히 말하면 그 곡을 칠 수 있게 된다고 해서 뭐가 달라지는 것도 아니다. 하지만 그러한 모순과 고난을 극복하고(사실은 보고도 억지로 못 본 체하며) 그리도 아름다운 왈츠 한 곡을 내 손으로 '노래하는'(음치지만) 수준까지 간신히 도달한 것이다.

그렇다. 나는 문을 열었고, 이제 내 앞에는 모든 가능성이 펼쳐져 있다.

거의 제로 상태였는데 이제 왈츠를 칠 수 있게 되었다! 불가능하다고 생각했던 일을 해냈다. 그렇다면 포기하지 않고 성실하게 노력한다면, 언젠가는 그 어떤 곡도 칠 수 있게 될 수도 있다는 뜻이 아닌가.

그렇게 깨달은 순간부터 내 인생에 예상 못했던 새로운 즐거움이 등장했다.

바로 피아노곡을 듣는 일이다.

이전에도 아예 듣지 않은 건 아니지만 그때는 유명한 곡을 듣고 '아, 이 곡 알아' 하는 정도였다.

그런데 어느새 곡에 대해 인터넷으로 검색하고, 모르는 곡도 숨이 멈출 기세로 초집중해서 듣고 있는 나를 발견한다. 너무 재미있어서 미칠 것 같다. 도저히 멈출 수가 없다.

망상에 푹 빠지다

그도 그럴 것이 그 모든 곡이 어쩌면 앞으로 내가 치게 될 후보인 셈이다. 물론 지금 당장 칠 수 있는 곡은 거의 없다지만, 그래도 내가 칠 수 있을지 어떨지를 떠올리면서 듣는 건 단순히 '좋은 곡이네' 하며 듣는 것과는 전혀 달랐다. 그 순간 나는 머릿속에서 손가락을 움직이고 있다. 연주자의 위치로 돌아서 있다. 요컨대 나는 내 맘대로 블라디미르 호로비츠 Vladimir Samoylovich Horowitz ◆가 되었다가, 아르투르 루빈스타인 Arthur Rubinstein ◆◆이 되기도 하고, 알리스 사라 오트 Alice Sara Ott ◆◆◆가 된다. 아니 그 정도로는 부족하다. 듣는 것만으로 동서고금의 위대한 분들 몸에 멋대로 빙의해 버린다. 이거야말로 피아노를 치는 사람이 가진 특권이 아닐까. 아무리 망상이라고

◆ 1903~1989 우크라이나 태생의 미국 피아니스트.
◆◆ 1887~1982 폴란드 출신의 미국 피아니스트.
◆◆◆ 1988~ 독일의 피아니스트.

는 해도 피아노를 치지 않는 사람은 절대로 체험할 수 없는 세계다.

뻔뻔한 망상의 세계에 푹 빠져 있다 보니 내 애플뮤직의 '최근 들은 앨범' 목록은 소울뮤직이니 록이니 보사노바니 AOR^{adult oriented rock}이니 크레이지 켄 밴드^{CRAZY KEN BAND}◆를 전부 제치고, 순식간에 클래식 피아노 앨범들로 채워졌다.

그중에서도 특히 글렌 굴드^{Glenn Herbert Gould}◆◆에 푹 빠졌다.

온다 리쿠^{恩田陸} 작가의 피아노 콩쿠르를 소재로 한 명작 소설 『꿀벌과 천둥』에 등장하는 곡이 전부 수록된 앨범을 들은 뒤부터였다. 소설에는 핵심 인물로서 피아노 교육의 테두리 밖에서 혜성처럼 나타난 야성의 천재 청년이 등장하는데, 그 청년이 연주한 곡이 앨범에는 글렌 굴드의 연주로 수록되어 있었다.

완전히 신기한 연주였다. 그보다 이상한 연주라고 생각했다. 신성한 바흐^{Johann Sebastian Bach}도 화려한 모차르트도 온통 스타카토^{staccato}◆◆◆로 연주한다. 오로지 리듬만 강조되어 마치

◆　일본의 밴드.
◆◆　1932~1982 캐나다의 피아니스트. 기성 연주법을 거부한 생동감 넘치고 파격적인 연주 스타일로 알려져 있다.
◆◆◆　음을 하나하나 짧게 끊어서 연주하는 주법.

로봇이 연주하는 것 같다. 그런데도 왠지 정신을 차리고 보면 그 이상한 연주만 되풀이해서 듣고 있었다. 그러다 점차 글렌 굴드의 연주를 닥치는 대로 찾아 듣게 되었다. 들으면 들을수록 신기한 연주였다. 〈터키행진곡〉은 믿을 수 없을 만큼 느리게, 〈월광〉의 1악장은 초특급으로 연주한다. 어떤 누구의 연주와도 닮은 구석이 없다. 그리고 연주하는 곡은 완전히 편향적이다. 세간에서 인기 있는 쇼팽이나 드뷔시^{Claude Achille Debussy}에는 눈길도 주지 않는다. 게다가 노래를 하면서 연주한다. 미성도 아니며 오히려 음치에 가깝다. 보다 정확히 말하자면 노래라기보다는 몸에서 흘러나오는 소리다.

그의 연주는 이미 연주의 수준을 넘어선 것은 아닐까. 이 사람은 자신에게 울리는 것을 그저 몸 전체로 표현하는 것 같다. 명곡을 신의 목소리라고 한다면, 굴드는 그 목소리에 지나치게 공조한 나머지 재현하지 않고는 배길 수 없는 게 아닐까. 그래서 글렌 굴드의 연주를 들으면 좋고 나쁨 이전에 벼락을 맞은 느낌이 든다. 신의 목소리가 글렌 굴드의 몸을 통해 듣는 사람의 마음을 울린다.

세상에 이런 세계가 있었다니!

그중에서도 특히 강렬하게 들었던 곡은 베토벤^{Ludwig van Beethoven}의 피아노 소나타 〈비창〉의 2악장이었다. 모르는 사람이 없을 만큼 유명한 곡인데도 그가 연주하니 완전히 처음 듣는 곡처럼 느껴졌다. 빠른 비트에 몸을 맡기고 있으면 영문을 알 수 없는 기쁨이 몸 깊은 곳에서 솟아난다. 산다는 것의 허무함과 근사함을 떠올리지 않고는 배길 수가 없다. 이 연주를 몇 번이나 들었던가. 백 번을 들어도 매번 처음 듣는 것처럼 마음이 요동했다. 신의 목소리 그 자체라고 생각했다.

그리고 자연스레 이런 생각을 했다.

이 곡을 치고 싶다! 과연 칠 수 있을까?

아니, 어떻게 해서든 치고 싶다!

글렌 굴드처럼

이렇게 해서 글렌 굴드가 연주하는 〈비창〉 2악장에 녹다운된 나는 요네즈 선생님과 의논도 하지 않고 인터넷에서 악보를 내려받아 멋대로 악보 읽기를 시작했다.

하지만 절대로 몰래 하려던 것은 아닙니다, 선생님!

그저 악보가 너무 보고 싶었다. '악보만 있으면 선망하던 곡을 직접 연주할 수 있다(있을지도 모른다)'라는, 불과 몇 달 전에는 생각지 못했던 빛나는 신세계가 내 눈앞에 펼쳐질지도 모른다는 사실을 실제로 두 눈으로 확인하고 싶었다.

그리고 두근거리며 악보를 본다.

그러니까 … 이, 이건 ….

그래, 오른손의 멜로디는 알겠다. 왼손의 반주도 알겠고. 그런데 그 한가운데에 있는 별도의 멜로디는 뭐지?

이 부분은 누가 치는 거야? 그야 아마도 나겠지. 하지만 손은 둘뿐이다. 결국은 오른손과 왼손 중 한쪽이 담당해야 한다는 뜻이다. 나는 가만히 두 손을 바라본다.

양손 다 '난 아니야' 하고 고개를 획획 내젓는다.

하지만 그런 소리나 하고 있으면 신세계의 문을 열 수 없다고. 이 별도의 멜로디는 어떡하든 할 수 있는 쪽이 감당하는 수밖에 없다. 가늠해 보니 왼손으로 치기에는 거리가 너무 멀다. 그렇다면 못 하겠다고 완강하게 거부하는 오른손을 시키는 수밖에 없다.

오른손을 겨우 설득해서 조심조심 건반을 눌러 본다.

확실히 물리적으로는 손이 닿는다. 그러니까 칠 수 없는 건 아니다. 하지만 손가락이 너무 얽혀서 매듭이 지는 건 아닐까 싶을 정도다. 그리고 그보다 더 얽힌 건 머릿속이다. 내가 무엇을 치고 있는지 스스로도 전혀 파악할 수 없었다. 쇼팽의 왈츠 때에도 없었던 비상사태다. 오른손의 멜로디와 왼손의 반주만으로도 충분히 버거운데 뜬금없는 제3의 멜로디 출현이라니. 느긋한 선율에 홀려서 이 곡이라면 칠 수 있겠다고 생각한 나는 세상 바보였다. 이렇게 깊은 함정이 날 기다리고 있을 줄이야.

장애물과 오기

그렇지만 어른은 장애물이 높을수록 오기가 생기는 법이다. 금방 포기해 버리는 어린이와는 다르다. 혹시 늙었다는 뜻일까? 노인은 할 수 없는 일을 인정하기 싫어하는 생명체다. 81세에 스마트폰을 사서 쩔쩔매는 아버지를 보고 한숨을 쉬던 나였지만, 남을 비웃을 때가 아니었다. 나 또한 노년의 입구에 서 있다.

그냥 잠깐 악보만 볼 생각이었는데 어느새 필사적으로 덤비고 있다.

더 이상 생각하기를 포기했다. 죽어라고 반복하면 언젠가는 손가락이 기억한다는, 쇼팽의 곡에서 얻은 귀중한 교훈만이 내가 비빌 언덕이다. 그리고 실수투성이던 뚱땅거리는 음의 나열이, 보름 정도 지났을 무렵에는 아주 조금씩이지만 서서히 '곡다운 것'이 되어 가고 있었다.

이쯤 이르러 마침내 선생님에게도 조심스럽게 '고백'하자 선생님은 좋은 선곡이라고 말씀해 주셨다(해냈다!). 그 후로도 느려 터진 진도에 굴하지 않고 연습을 거듭했다. 이 놀라

♪

운 열정을 지탱해 준 힘은 글렌 굴드의 연주였다. 어떻게 해서든 굴드처럼 연주하고 싶었다.

문득 돌아보니 내가 생각해도 엄청난 지평에 서 있는 게 아닌가. 피아노를 다시 시작했을 때는 단지 화려하고 멋지게 칠 수 있으면 좋겠다는 욕망이 전부였다. 어떻게 치고 싶다는 생각은 해 본 적도 없었다.

여기까지 올 수 있었던 건 요네즈 선생님 덕분이다.

선생님은 처음부터 능란하게 치기보다 어떻게 치고 싶은지가 중요하다는 메시지를 계속 보내 주신 듯하다. 그렇기에 나의 엉망진창인 연주에도 얼굴 한 번 찡그리지 않고 "오, 좋네요!" 하고 매번 웃는 얼굴로 격려하셨을 것이다. 그때는 이런 신경까지 쓰게 만들어 죄송할 뿐이었는데 가만히 생각해 보면 그저 사탕발림이나 내 의욕을 북돋아 주기 위함이 아니라 그런 커다란 목표를 바라보았기에 건넨 말인 듯하다.

하지만 그 '어떻게 치고 싶다'가 무슨 의미인지는 결국 온전히 이해하지 못했다. '어떻게'라는 그 말이 대체 어디로부터 솟아나는 건지 알지 못했다. 그래서 더욱 그 질문은 내 마음속 깊이 자리 잡았다.

내면 깊숙한 곳에서 스며 나오는 것

그러다가 글렌 굴드의 연주를 만났고 바로 이거다 싶었다.

물론 그의 연주는 나의 '이렇게 치고 싶다'가 아닌, 굴드의 '이렇게 치고 싶다'이다. 그래도 거기에서 내 얄팍한 지혜로 생각했던 것과는 전혀 다른 진정한 빛을 보았다. 나는 줄곧 '이렇게 치고 싶다'라는 건 다른 사람의 감탄을 자아낸다거나 대단하다는 찬사를 받는, 결국 다른 사람에게 들려주어 칭찬을 받기 위한 연출이라고 생각했다. 하지만 실제로는 전혀 그렇지 않았다. 그것은 외부가 아닌 인간의 내면 깊숙한 곳에서 스며 나오는 '무언가'였다. 그리고 내가 굴드처럼 치고 싶다는 마음을 품은 건, 굴드의 내면 깊숙한 곳에 있는 '무언가'와 나의 내면 깊숙한 곳에 있는 '무언가'가 호응했다는 뜻이다. 그게 무엇인지는 말로 설명할 수 없어도, 굴드가 품은 삶의 서글픔이나 희망을 알 것 같은 기분이었다. 그리고 그 감정들을 소리에 실어 풀어 놓는 기쁨도 알 것 같았다.

그래서 정말 열심히 연습했다. 최선을 다해 굴드처럼 〈비창〉 2악장을 연주했다. 물론 조금도 닮지 않은 엉터리 흉내지만. 그래도 이것이 '이렇게 치고 싶다!'에 대해 지금의 내가 할 수 있는 최선의 대답이었다.

어떤가요, 선생님?

"음… 지나치게 펑키한데요."

뜨, 뜻밖의 지적이었다.

치고 싶은 대로 치면 안 돼?

나는 제법 큰 충격을 받았다.

내가 아무리 느려도, 아무리 서툴러도, 아무리 버벅대도 선생님은 늘 "좋네요!", "대단한데요!" 등등 지나칠 만큼 칭찬해 주셨다. 물론 나도 그 말이 선생님의 '배려' 또는 '칭찬 작전'임을 알고도 남는다. 하지만 언제든 긍정적으로 나의 노력을 인정받으면 이러니저러니 해도 기쁠 수밖에 없고, 칭찬에 힘을 얻어 다음 레슨을 위해 부지런히 연습을 거듭했다. 선생님의 '칭찬 작전'은 실제로 먹혀들고 있었다.

그런데 왜 이제 와서 갑자기 작전 변경?

그뿐만이 아니다. 선생님이 계속해서 던졌던 '어떻게 치고 싶은가'라는 과제는 내 삶에 커다란 주제로 자리 잡았다. 위대한 연주가의 음원을 있는 대로 들으면서 내 마음을 움직이는 연주를 찾던 나날들. 그러다가 만난 굴드의 〈비창〉이다. 그러니까 그날의 연주는 내 나름대로 선생님의 물음에 충실하게 준비한 대답이었다.

뭔가 고립된 기분이었다. 나는 이때 처음으로 친애하는 요네즈 선생님에게 약간의 반발심이 들었다.

하지만 나도 어른임을 자각하고 마음을 진정시켜 선생님의 다음 말을 듣는다.

"악보의 지시에 충실하게 따른 후에 지금 연주의 분위기를 내면 좋겠어요."

앗… 맞다, 악보! 선생님의 말씀에 뜨끔했다. 쇼팽의 왈츠를 칠 때 악보의 중요성에 대해 충분히 지적받았는데…. 하지만 굴드에게 너무 감동한 나머지 '굴드 스타일'에 정신을 빼앗겼고, 돌이켜보니 악보를 이해하기는커녕 악보 읽기를 끝낸 후부터는 제대로 보지도 않았다!

이어서 선생님은 내가 무시했던 부분을 하나하나 지적했다.

먼저 이음줄^{slur} 기호. 음을 끊지 않고 멜로디를 연주하라는 지시인데, 나는 굴드의 멋진 비트에 정신을 빼앗겨 완전히 무시해 버렸다. 마치 행진곡처럼 하나둘, 하나둘 하며 끊어 쳤는데 그 비트에 이끌려 몸도 힙합처럼 흔든 점도 지적받았다.

크레센도와 데크레센도^{decrescendo}◆도 전부 무시. 멋대로(나로서는 굴드 스타일이었지만) 고조시켰고 강조해야 할 음을 빼

◆ 점점 약하게 연주하라는 셈여림표.

먹기도 하면서 자아도취에 빠졌다. 그런 것도 전부 가차 없이 지적받는다.

그리고 소리의 균형. 주선율을 확실하게 강조해야 할 지점에서 나는 양손을 총동원해 뭉뚱그린 음을 크게 하거나 작게 하면서 꼴사납게 치고 있었다. 물론 그 부분도 가차 없이 지적받았다.

쉼표는 완전히 무시했다. 변명하자면 음을 내는 데에 필사적이어서 멈추는 데에 쓸 여력이 없었다. "베토벤의 머릿속에 있던 음악은 교향곡입니다." 선생님이 말씀하셨다. 오보에나 바이올린이 번갈아 가며 연주하는 듯한 이미지를 떠올리며 음에 높낮이를 주듯 소리를 내고 멈추라고 한다. 그렇군요… 하지만 말이죠…. 이 무렵부터 쏟아지는 지적에 화가 치밀었다. 그렇게 어려운 걸 내가 어떻게 하겠느냐고. 나는 악단이 아니라 혼자라고!(→아프로헤어 아줌마의 마음속 외침)

게다가 멋대로 빼먹은 음도 전부 탄로 났다. 음이 너무 여럿인 화음을 치기가 힘들었던 것이다. 하지만 선생님은 가차 없다. "이 음을 빼먹었습니다", "여기도", "여기도" 하며 미흡한 며느리의 엉성한 청소를 깐깐하게 확인하는 시어머니처럼 엄하게 지적했다. 상황이 이쯤 이르자 미흡한 며느리 수준인 나는 무심코 '그런 사소한 건 괜찮지 않나? 내가 무슨 피아니스트도 아니고'라는 발칙한 마음을 억누르지 못하고 "하지만 너무 힘들단 말이에요!"라고 경박하게 말대꾸 했다.

위대한 천재의 혼과 맞닿다

그러자 선생님은 곧바로 단호하게 말했다.

"안 돼요! 베토벤은 이 음 하나를 적어 넣기 위해 하룻밤을 지새우며 고민했을지도 모르지 않습니까!"

선생님의 말에는 어떠한 반론도 할 수 없는 무언가가 있었다. 깜짝 놀라 선생님을 보니 언제나 웃고 있던 선생님의 눈이 왠지 서글퍼 보였다. 그 바람에 나도 모르게 기가 죽었다. 사실 선생님의 말씀이 확실히 옳다고 생각했다. 베토벤이 괴롭게 머리카락을 쥐어뜯으며 악보에 음표를 그렸다 지우기를 반복하는 모습이 내 머릿속에 생생하게 그려졌다.

그때 비로소 나는 선생님이 지적한 이유를 이해했다.

도망가서는 안 된다. 선생님은 그렇게 말하고 싶었던 게 아닐까.

우리는 수백 년 전의 곡을 들으며 '좋다'고 생각한다. 실로 대단한 일이다. 어쩌면 기적에 가깝다. 그리고 그 기적을 만들어 낸 사람은 실존 인물이었다. 그런데 어째서 그가 곡에 어떤 마음과 애정과 이미지를 담았는지 마주하려고 하지 않는가. 곱씹을수록 클래식을 연주하는 건 대단한 일이다. 우리는 악보를 통해 수백 년 전의 위대한 천재의 혼과 직접 맞닿을 수 있다. 그런데 왜 어렵다거나 귀찮다는 등의 시시한 이유로 도망가려고 하는가. 굴드는 분명 훌륭한 연주가다. 굴드는 이 보석으로 가득한 산에 온몸을 바쳤고, 그랬기 때문에 사람의 혼을 흔드는 연주가 가능했다. 베토벤과 굴드의 숨결이 깊숙한 곳에서 만났기에 그린 연주가 태어난 것이다.

한편 내 연주는 너무도 얄팍한 엉터리 흉내에 불과했다. 물론 초보자니까 엉터리 흉내 좀 내면 어떠냐고 반문할 수도 있다. 하지만 선생님은 그 엉터리 흉내를 무시하지 않고 정중하게 지적해 주었다. 이것이 스승의 사랑이 아니면 무엇이겠는가. 그리고 내가 그 사랑에 어찌 응답하지 않을 수 있겠는가.

이도 저도 못 하는 신세

그러나 다시금 '왜 자기가 치고 싶은 대로 치면 안 되지?' 하는 의문이 든다. 적어도 피아노를 배우는 사람이라면 누구나 품게 될 근원적인 의문이다. 서툴면 서툰 대로, 기분 좋게 원하는 대로 치는 것도 나름 괜찮지 않을까. 그게 뭐가 문제지? 어차피 다 자기만족인데.

하지만 친애하는 요네즈 선생님이 "안 됩니다!"라고 강경하게 말했을 때 나는 충격을 크게 받았고 내심 반발도 했지만, 결국에는 선생님에 대한 믿음이 이겼다.

네, 하겠습니다! 다시 악보로 돌아가서 베토벤의 지시대로 꼼꼼하고 성실하게 치겠습니다!

하지만 솔직히 귀찮았다.

여하튼 내 나름은 기분 좋게 칠 수 있는 수준까지 오지 않았나. 여기에 이르기까지도 정말 힘들었다고! 엄청나게 열심히 했다고! 그런데 다시 출발점으로 돌아가라니. 대체 무얼 위해 그래야 한단 말인가. 내가 음대에 갈 리도 없고, 콩쿠르에 나가고 싶은 마음도 전혀 없다. 그저 즐겁게 피아노를 칠 수만 있으면 된다. 그런데 왜 그리 힘들고 지겨울 것 같은 연주를…. 끊임없이 분출하는 의문을 전부 억누르고 일단 해보기로 한다. 선생님을 믿고서. 불만은 그다음이다.

다시 악보를 본다. 그리고 선생님의 지적을 하나하나 확인하며 제멋대로였던 연주를 고쳐 간다.

하지만 괴롭다. 너무 괴롭다. 이유는 분명하다. 온통 불가능한 것들뿐이니까! 저 혼자 신이 나서 칠 때는 무시했던 수많은 규칙이 눈앞에 떡하니 자리 잡고 있다. 더구나 하나같이 자잘한 주제에 무진장 어렵다.

예컨대 쉼표. 즉 휴식이다. 치지 않아도 되니 얼마나 편한가… 일 리가 없다. 의식을 풀가동 하지 않으면 손가락을 '치울' 수 없는 것이다.

그리고 피아노 기호. 가볍게 치면 된다니 이 얼마나 편한가… 전혀 아니다! 편하기는커녕 작은 소리를 내는 게 미치도록 어렵다. 너무 긴장하면 소리가 나질 않고, 아니면 도리어 큰 소리가 나 버린다.

평생 써 본 적 없는 뇌세포

그리고 나를 가장 애먹이는 건 멜로디의 강조였다.

똑같은 오른손으로 주선율과 서브 선율을 치게 되어 있다. 그 와중에 주선율만 강조하라는 지시는 결국 두 개의 선율을 똑같은 오른손으로 치되 마치 다른 사람이 연주하듯 쳐야 한다는 뜻이다. 더는 손가락의 문제가 아니다. 뇌의 문제다. 아무리 생각해도 지금까지의 53년 인생에서 한 번도 써 본 적 없는 뇌세포를 이제 와서 가동해야 한다는 느낌이다. 보자, 그 세포가 아직 살아 있기는 하나? 전혀 진전이 없는 걸 보면 이미 죽은 게 아닐까? 만약 죽었다면 난 어떻게 해야 하지?

한때는 뭔가 해낸 줄 알고 좋아했던 어리석은 중년은 이

무자비한 현실이 버겁다. 그런 내가 굴드를 목표로 두다니 백만 광년은 이른 결정이었다는 사실을 통감했지만, 그럼에도 나는 새로운 '모델'이 필요했다. 그게 없으면 좌절할 것 같았다. 그래서 모델이 될 음원을 찾기로 했다.

굴드의 색다른 연주에 매료된 후로는 다른 연주가 전부 고리타분하게 느껴져 쳐다보지도 않았다. 하지만 지금 내게 필요한 건 고리타분한 연주다. 악보를 정확하게 재현한 교과서 같은 연주를 따라 하는 것부터 시작해야 한다.

목적지 없는 지도

정말이지 있는 대로 몽땅 들었다! 예의 그 애플뮤직 정액권 무제한 서비스를 통해서. 〈반짝반짝 작은 별〉과 마찬가지로 역시 유명한 곡답게 동서고금을 막론한 모든 피아니스트의 〈비창〉 2악장이 인터넷에 떠다니고 있었다. 그래그래, 이거야. 이렇게 다양하니 그중에는 교과서 같은 연주도 당연히 있겠지.

하지만 나는 점점 두려워졌다.

아무리 들어도 교과서 같은 연주는 어디에도 없었다.

그런 연주를 제외한 온갖 스타일의 〈비창〉이 있었다. 페달의 사용 방식이나 음의 강약 조절 등이 다른 백만 가지의 변주곡이 있었다. 강조하는 지점과 조용히 연주하는 지점, 곡상♦이 변하는 부분의 연결 방식, 그리고 음색. 사실 〈반짝반짝 작은 별〉을 검색했을 때부터 알고는 있었지만, 그때는 그저 대단하고 재미있게만 느껴졌다. 하지만 지금의 나는 그 의미를 조금은 안다. 모든 변주곡은 각각의 피아니스트가 악보와 격투를 벌였던 피투성이의 기록인 것이다. 나도 굴드의 연주에 자극받은 이래 어설프기는 해도 이 곡을 '어떻게 치고 싶은가'를 나름 열심히 생각했기에 그 사실을 통절히 이해했다. 그중에는 차분하게 진행되는 곡이 있는가 하면, 어쩐지 연주자 자신이 극복하지 못한 듯한 느낌의 곡도 있고, 헤매는 듯한 느낌의 곡도 있었다. 내 눈앞에 까마득한 황야를 헤매면서 필사적으로 전진하는 사람들의 무리가 펼쳐졌다.

분명히 지도(악보)는 있다. 하지만 어떤 속도로, 어떤 신발을 신고, 어떤 보폭으로, 무엇을 보며, 어떤 식으로 목적지에 다다를 것인가. 여기에는 셀 수도 없을 만큼 압도적으로 많은 선택지가 있고, 수많은 선택지 중에서 무엇을 선택할지는 스스로 결정해야 한다.

목적지 같은 건 없었다. 그저 무한의 가능성만이 있을 뿐.

♦ 곡이 주는 느낌.

피아노를 연주하는 행위는 그 끝없는 세계를 향해 작곡가를 믿고 자신을 믿으며 한 걸음을 내딛는 일이었다.

아아, 난 어렵고도 험난한 세계에 발을 들이고 말았구나.

제대로 악보 읽기

어느 날, 요네즈 선생님 앞에서 이래저래 석 달 동안 씨름해 온 〈비창〉 2악장을 연주했다.

변함없이 초긴장. 정말이지 이 긴장하는 버릇 좀 어떻게든 해결하고 싶다. 흔히들 '할 만큼 했다는 정도로 연습하면 실전에서 긴장하지 않는다'라고 하는데 내 경우에는 그렇게 단순하지 않다. 오히려 반대다. 성실하게 진지하게 연습할수록 그 결과물이 제대로 나오지 않으면 어떡하나 걱정하게 된다. 두려워서 손도 마음도 오그라든다.

그리고 그날도 바로 그런 상황이었다. 그렇다. 나는 정말로 성실하고 진지하게 연습했다. 너무 긴장한 나머지 정말로 혼이 나갈 것 같았지만 간신히 마지막 화음에 도달했다. 헉헉….

그러자 선생님 왈 "오, 대단해요!", "좋은데요?"

"저, 정말이죠?"(눈물)

"그럼요, 진심으로 하는 말입니다. 너무 잘해서 무슨 말을 해야 하나 고민하면서 들었습니다."

우와, 해냈습니다. 이나가키 에미코 53세, 마침내 해냈습니다!

그렇게 나 자신을 칭찬한다(이게 중요하다).

정말로, 정말로, 여기에 이르기까지 정말 고단했다.

악보를 다시 한번 읽어 보라는 선생님의 숙제에 속으로는 재미없다고 외쳤지만, 이를 악물고 그 외침을 억누르며 성실하게, 정말로 성실하게 연습했다.

연습 과정은 정말로 짜증나고 따분했다. 선생님 말씀대로 악보를 성실하게 다시 보고 '*p*(피아노)'◆가 보이면 아무리 감정이 고조되더라도 자신을 타이르며 꾹 참는다. 쉼표가 나오면 아무리 위화감이 들어도 음을 뚝 끊는다. 양손을 총동원해서 리듬을 타며 신나게 치던 부분도 선율을 우선시해서 도드라지도록 하고 그 외의 음은 가만히 옆에서 보조하게 한다.

정말 어렵다! 하지만 악보의 지시를 꼼꼼하게 지키자, 이전에 했던 연주가 얼마나 허술했는지 부끄러울 정도로 확연히 드러났다.

소리를 크게 내서 '고조된 척' 칠 수는 있지만 작은 소리로

◆ 악보에서, 여리게 연주하라는 지시.

고조된 연주를 하는 데에는 전혀 다른 차원의 어려움이 있었다. 전혀 고조된 느낌이 들지 않았다. 그냥 가라앉을 뿐이었다. 이 부분을 극복하려면 하나하나의 음에 최대한 섬세하게 귀를 기울이며 온몸과 온 마음으로 연주해야 한다.

그리고 쉼표에서 음을 뚝 끊으면 전후의 흐름도 뚝 끊어져 어색하게 들린다. 끊기지 않게 하려면 어떻게 해야 할까? 늙은 머리로 열심히 생각했다. 음원도 수없이 들었다. 그 결과 쉼표 전후의 소리의 균형이 중요하다는 깨달음을 얻었다. 소리의 크기, 단단함, 격렬함, 부드러움. 미묘한 변화에도 놀라울 만큼 인상이 바뀐다. 그러니까 아주 세밀한 부분을 더할 나위 없이 섬세하게 쳐야 한다. 신경을 곤두세우지 않으면 안 된다.

연주의 성패는 단 하나의 음도 놓치지 않고 무시하지 않으며 칠 수 있는지 아닌지에 달렸음을 이제야 깨닫는다.

신이 보낸 선물

하지만 곡 하나는 정신이 혼미해질 만큼 수많은 음으로 이루어진다. 이렇게 힘들 수가! 애초에 나는 머리도 몸도 삐걱대는 아줌마다. 아무리 노력하고 또 노력해도 하나의 소리로 완성되지 않아 스스로가 너무나 한심하게 느껴진다.

하지만 걸리는 부분을 인내심 있게 몇 번이고 반복하다 보니 어느 순간 불현듯 '오호?' 하는 순간이 왔다.

지금 소리, 뭐지? 완전 멋지잖아! 그 소리는 마치 신이 보낸 선물 같았다. 땡전 한 푼 안 나오는 피아노 앞에서 홀로 격투를 벌이던 중년 여성을, 신은 분명히 지켜보고 계셨다.

우쭐해진 나는 그 구간을 재현해 본다. 이야, 좋아! 좋잖아! 아름다워! 이후로도 그 구간을 칠 때마다 감동했다. 나, 칠 수 있어! 신도 나를 지켜 주고 계신 걸!

물론 신이 그렇게 한가하시지는 않을 테니 이런 선물을 자주 보내 줄 리는 없다. 하지만 인내심을 갖고 끈질기게 도전하면 아주 가끔은 이렇게 윙크를 보내 주신다. 그래, 이렇게 조금씩 나의 곡이 되어 가는 걸까?

그렇다고 해서 전체를 제대로 칠 수 있는 것은 아니다. 오히려 하면 할수록 되는 곳 이상으로 안 되는 곳이 보인다. 끝이 없다고 생각하면 속이 부글부글 끓는다. 죽을 때까지 연습해도 완벽해질 수 없을 것이다.

이렇게 희망과 절망이 뒤섞인 채로 오늘도 피아노 앞에 선다. 울든지 웃든지 계속할 수밖에 없는 것이다.

선곡의 자유

이렇게 해서 베토벤 선생의 명곡 중의 명곡인 〈비창〉 2악장을 간신히 끝냈다. 에헤헤. 그러자 이내 또 우쭐해지는 이 성격은 50대가 되어도 여전하다. 인간이란 무서울 정도로 발전이 없는 생명체다.

기고만장해진 나는 무슨 곡이든 칠 수 있을 것 같은 기분이 들었다. 대담하게도 선생님에게 다음 곡을 물었다. 두근두근. 아, 어떤 멋진 곡을 받게 될까.

그런데 선생님은 예상치도 못한 말을 하는 게 아닌가.

"연주하고 싶은 곡을 선택하면 됩니다."

네? 그, 그렇습니까?

태어나서 처음 들어 본 제안이었다.

어렸을 때는 선생님이 제시한 곡을 치는 게 당연했다. 바이엘, 부르크뮐러, 체르니 순의 코스를 따르는 게 관례였고 피아노를 배우는 주변 친구들도 마찬가지였다. 그래서 지금 '체르니 몇 번'을 치고 있는지 공유하며 서로의 실력을 가늠했다. 연주하고 싶은 곡을 친다고는 생각해 본 적도 없었으며 그나마 이 코스를 전부 끝낸 후에나 가능한 아득히 먼 미래의 일, 그러니까 상당한 실력자들의 세계라고 생각했다.

그리고 현재의 나. 40년 만에 피아노를 다시 시작한 지 반년. 그러니까 상급자는커녕 초보자를 겨우 면한 수준이다. 그런데 연주하고 싶은 곡을 쳐도 된다고?

해, 해냈다! 아니, 그러면 어릴 적의 그 재미도 없고 좋아하지도 않는 곡을 끊임없이 연습했던 기억은 대체 뭐지?

하지만 지금 지난 일이나 떠들고 있을 때가 아니다. 내 앞에는 꿈같은 가능성이 펼쳐져 있으니.

나는 맹렬한 기세로 곡 선택에 들어섰다.

솔직히 말하면 연주해 보고 싶은 곡은 이미 리스트를 가득 채웠다. 그것도 내 마음대로. 선생님을 무시해서 그런 건 아니다. 단지, 지금까지 연습했던 쇼팽이나 베토벤의 곡을 음원 서비스를 이용해 찾아 듣다 보니 자연스레 다양한 명곡이 귀에 날아들었다. 그럼 더욱더 찾아보고 싶어지는 게 인지상정 아니겠는가. 마음에 든 작곡가나 피아니스트의 앨범을 계속해서 찾아보게 되었고, 그러다 점차 피아노에 관한 소설이나 만화, 수필에도 흥미가 생기면서 작품 속에 등장하는 곡을 검색한다. 세상에나! 여기에도 엄청난 곡들이! 머릿속은 이미 망상으로 가득해서 이 곡도 저 곡도 왠지 칠 수 있을 것 같다.

아니지. 그렇게 간단할 리가 없지. 마음에 든 곡이 어느 정도로 어려운지 알아보기 위해 다시 인터넷으로 향한다. 그러자 세상에는 나의 동족이 넘쳐 나는지, 유명한 곡의 곡명을 넣기만 하면 '난이도'라는 검색 키워드가 뒤따른다. 역시나 멋진 곡은 전부 상급자용이었다. 당연히 그렇겠지. 그래도 굴하지 않고 검색을 계속하자 어려운 곡처럼 들려도 의외로 간단하다는 곡도 있어서 혼자 기뻐했다.

피아노 연습에 시간을 빼앗기다 못해 이런 망상으로 시간을 보내다 보니 내 삶은 점점 오로지 피아노로 물들었다.

중년에게는 기적 같은 시대

이 또한 '현대'라서 가능한 일이다. 음원 서비스가 나오기 전까지는 지금처럼 다양한 곡을 들으려면 막대한 돈과 시간과 에너지를 동원해야 했다. 일반인에게는 어려운 일이었다. 따라서 예전 같으면 선생님이 원하는 곡을 쳐도 된다고 해도 지식이나 정보가 부족해 선택하는 데에 한계가 있었다. 그렇기 때문에 과거의 선생님들이 일방적으로 곡을 정하던 방식도 어쩔 수 없는 것이었는지 모른다. 하지만 지금은 아무리 입문자라도 온갖 곡을 들을 수 있고 난이도도 파악할 수 있으며 악보까지 찾을 수 있게 됐다.

수백 년이나 되는 피아노의 역사 속에서 전례가 없는 새로운 시대이지 않을까. 특히 나 같은 중장년의 입문자에게는 최고의 희소식이다.

그리고 실제로 해 보면 알겠지만 유명한 곡이라고 해서 꼭 연주해 보고 싶은 마음이 드는 건 아니다. 마음 깊은 곳에서 정말 멋진 곡이라는 생각이 들지 않으면 아무리 인기곡이라도 손이 가지 않는다. 나도 더 이상 젊지 않기 때문이다. 지금까지의 속도를 볼 때 한 곡을 간신히 치게 되는 데에 최소한 석 달이 걸린다. 그러면 1년에 네 곡이다. 죽을 때까지 연습해도 칠 수 있는 곡은 서글플 만큼 얼마 안 된다. 그 귀중한 한 곡을 고르는 과정이다. 그리고 우리에게는 선택을 도와줄 수단이 있다. 그렇다면 곡의 유명·무명을 떠나 결혼 상대를 찾듯 신중하게 골라야 한다.

그렇게 열심히 곡을 찾는 순간 이미 연습이 시작된다. 아, 좋은 곡이다! 그렇게 생각한 순간부터 '이렇게 연주하고 싶다'라는 마음이 샘솟는다. 물론 실제로 칠 수 있는 것과는 별개지만, 사실은 전혀 칠 수 없는 게 현실이지만 여하튼 그런 마음 없이 피아노를 치는 즐거움이 어디에 있겠는가. 그 마음으로 시작할 수 있는 현대의 우리는 거의 기적에 가까운 혜택을 누리고 있는 게 아닐까.

이렇게 해서 나는 다섯 곡을 엄선해 선생님께 메시지를 보냈다. 선생님은 '전부 훌륭한 곡'이라고 부드럽게 말씀하시면서도 지나치게 무모한 곡과 반대로 너무 간단한 곡은 완곡한 표현을 써 가며 제외했다. 선생님은 역시 이런 존재다. 아무리 인터넷으로 난이도를 조사해도 연주하는 사람에 따라서 어렵게 느끼는 곡은 다르며, 무엇보다 본인이 어느 정도의 수준인지도 잘 모른다. 지금의 내 수준에 맞는 곡을 골라 주시는 스승님이 계심에 감사와 소중함을 느낀다.

그리고 다음 곡이 결정됐다! 쇼팽의 피아노 소나타 제2번 3악장 〈장송행진곡〉이다.

고른 곡을 중도 포기!

하지만 나는 스스로 엄선한 이 곡을 포기하고 말았다. 의욕이 없어서도, 어려워서도 아니다. 어쩔 수 없었다. 모든 것은 내가 처한 연습 환경 탓이다.

앞에서도 말했듯이 나는 피아노가 없어서 근처의 북카페에서 살금살금 연습을 해 왔다. 물론 영업시간을 피해서 연습했는데 점점 카페의 특수 환경을 활용하고 싶었다. 민폐가 되지 않을 수준에서(아무리 생각해도 민폐) 영업시간 중에도 피아노를 쳐 볼까 싶었다.

다른 사람 앞에서 연주하는 데 익숙해지고 싶었다.

실력을 자랑하고 싶어서는 결코 아니다. 애초에 자랑할 만한 실력도 아니다. 무엇보다 어른의 피아노는 어릴 적과 달리 어디까지나 자신을 위한다. 타인의 평가 따위 어떻든 상관없다. 목표도 필요 없다. 그저 혼자 열심히 피아노를 치는 행위 그 자체에 100퍼센트의 기쁨과 감동이 있다. 아무런 초조함도 좌절도 없다. 한마디로 최강이다. 이거야말로 마음 편한 중년 아마추어의 특권이다.

하지만 딱 한 가지 문제가 있었다.

한 달에 한 번 있는 레슨 때마다 너무 긴장했다. 물론 그게 잘못됐다는 것은 아니다. 형편없는 연주를 듣는 피해자는 선생님 한 사람이며, 선생님은 훌륭한 연주를 듣고자 레슨에 오시는 게 아니다. 충분히 알고 있다. 하지만 한 달 동안 죽어라고 연습했는데 그 결과를 전혀 보여 주지 못하면 좀 그렇지 않은가. 비참한 기분이 들기도 한다. 실력 이상을 보여 주고 싶은 허무맹랑한 욕심은 없다. 그저 가진 실력만큼은 담담하게 발휘할 수 있기를 바랄 뿐이다. 이는 피아노뿐만 아니라 인생에도 적용할 수 있는 중요한 문제다. 계속 회피할 수만은 없다. 극복해야 한다. 그래서 생각한 방법이 일단 사람들 앞에서의 연주에 익숙해지기였다. 항상 혼자 연습하다가 갑자기 선생님 앞에서 치는 탓에 긴장하는 게 분명하다.

억지 독주회

그래서 가만히 생각해 보니 나는 정말로 이상적인 환경에 있었다. 내 연습 공간은 여하튼 공공장소라서 내가 마음만 먹는다면 들어 줄 사람들은 언제든지 주변에 가득하다.

그래서 본격적으로 환경을 활용하기로 한다.

카페에서 차를 마시면서 호시탐탐 기회를 노려 착한 손님들만 있다 싶으면 주인인 후지사키 씨에게 "저, 피아노 좀 쳐도 될까요?" 하고 고개를 숙인다. 착한 후지사키 씨는 어서 치라며 음악까지 꺼준다.

이렇게 아무도 요청하지 않은 억지 독주회를 시작한다.

정말로 희한한 경험이었다.

놀랍게도 손님들은 시끄럽다고 화를 내기는커녕 "좋네요!", "멋져요!" 하고 호응해 주었다. 거짓말이 아니다. 물론 그럴 만한 착한 사람들만 있는 때를 노리기도 했고, 더구나 눈앞에서 직접 연주를 하고 있으면 빈말이라도 해야 할 것 같은 압박감을 느낄 것이다(죄송). 그렇다고 해도 칭찬이 너무 과하면 이건 대체 뭔가 하는 생각을 하지 않을 수 없다. 겸손이 아니라 내 연주는 분명히 서툴며 틀리고 버벅거리기 일쑤다.

그렇다면 혹시, 사실 음악에 있어서 잘하고 못하고는 그리

♪

중요하지 않은 게 아닐까?

물론 중요하지 않을 리 없고 조금이라도 잘 치고 싶어서 연습도 하는 것이다. 하지만 그게 전부는 아니지 않을까. 정말로 중요한 건 따로 있지 않을까.

생각해 보면 칭찬을 받는 건 내가 아니다. 피아노라는 악기의 훌륭함, 그리고 무엇보다 곡 그 자체의 훌륭함이다. 베토벤이나 쇼팽이 목숨을 걸고 만든 보석 같은 곡이 대중을 사로잡는다. 물론 뛰어난 연주가의 명연주로 듣는 편이 가장 좋다. 하지만 바로 눈앞에서 평범한 누군가가 최선을 다해 연주하는 모습에서 전해지는 무언가가 있을지도 모른다. 선뜻 다가서기 어려운 클래식이라는 장르가 딱딱한 가면을 벗은 것 같이 그저 친근하고 멋진 음악으로 들렸는지도 모르겠다.

나는 줄곧 '사람들 앞에서 연주하고 싶지 않다', '칭찬받고 싶은 마음 따위 없다'고 말하며 버텨 왔지만, 사람들 앞에서 피아노를 연주하는 것이 사실 그리 사소한 일은 아니었다. 내가 만난 멋진 곡을 누군가에게 들려주고 싶고, 알려 주고 싶고, 그래서 있는 힘껏 연습한다. 충분히 좋지 않은가. 잠깐, 이건 어디선가 들어 본 말인데…. 그래, 요네즈 선생님이 했던 말이다! 그때는 욕심 없는 사람이라고 감동하면서도 정말로 그렇게 순수할 수 있을까 반신반의했었다. 그런데 지금은 충분히 공감한다.

선생님, 저, 이런 경지까지 왔답니다!

여하튼 공개 연습을 하기에는 쇼팽의 〈장송행진곡〉은 너무나 유명한 곡이다. 기분 좋은 카페에서 느긋하게 차를 마시러 온 사람들에게 강제로 들려 주는 세계에서 최고로 유명한 장례식 테마곡이라니. 처음에는 멋진 곡이니 괜찮을 거라고 합리화했지만 점점 영업 방해 느낌을 부정할 수 없어 한 달 만에 단념했다.

원통하다.

〈달빛〉이라는 세계

집요하게 변명하는 듯하지만, 의지의 문제가 아니라 환경이 도저히 도와주질 않았다. 인생이란 이래저래 뜻대로 안 되는 법이다.

하지만 〈장송행진곡〉을 좋아하는 마음에는 변함없다. 그래서 언젠가는 다시 꼭 도전해 볼 생각이다. 게다가 실제로 연주해 보니 엄청나게 멋진 곡임에도 엄청나게 어렵지는 않은 꿈같은 곡이다. 비명이 절로 나올 만큼 복잡한 화음이 일부

있지만, 그 부분만 얼버무리면 나름 그럴듯하게 연주할 수 있을 듯하다. 더구나 누구나 아는 곡일 것 같지만 실제로는 그렇지 않다는 사실이 이 곡의 훌륭한 점인데 중간부의 무서울 만큼 순수한, 마치 인생의 괴로움이 전부 정화되는 듯한 선율은 듣는 사람이 누구든지 깜짝 놀라게 한다. 그러하니 초보자 동지 여러분, 이 곡에 꼭 도전해 보시기 바랍니다!

이렇게 다른 사람에게 추천하고 나는 재빨리 다음 곡으로 옮겨 간다.

조금 더 솔직하게 말하자면 인생 최초의 포기 사건에는 또 하나의 이유가 있었다. 다음 곡을 하루 빨리 연습하고 싶은 마음을 도저히 억누를 수 없었기 때문이다.

그 곡은 바로 〈달빛〉!

이 곡이야말로 나의 꿈이었다.

고등학생 때 이 곡을 처음 들은 순간, 그 신비한 아름다움에 마음을 완전히 빼앗겼다. 사실 그보다 정확하게 경위를 설명하자면, 당시 이 곡을 연습하고 있던 언니의 연주를 듣다가 너무 엉망인 실력 탓에 '이 이상한 곡은 대체 뭐지?' 하며 레코드를 들어 보았는데 실로 놀라운 곡이었던 것이다. 리듬도 그렇고 화음도 그렇고, 내가 초등학생 때 연습했던 모차르트나 슈베르트 Franz Peter Schubert 와는 전혀 다른 어른스러움이 있었다! 가슴이 두근거렸다. 이렇게 이상하게 아름다운 곡을 자신의 손으로 연주할 수 있는 사람은 신이라고 생각했다. 하지만 그 당시 나는 이미 피아노를 떠났기 때문에 그런 위업에 도전할 기회는 평생 없을 줄 알았다.

그리고 선생님에게 레슨을 받기 시작했을 때 조심스럽지만 확실하게 '목표는 1년 안에 〈달빛〉을 연주하기'라고 말했다. 나로서는 꽤 야심적인 목표였다. 상냥한 선생님은 "네, 분명히 할 수 있을 겁니다"라고 답하셨지만, 그때는 나도 선생님도 앞으로 어떻게 될지 알 수 없었다.

그런데 레슨을 시작한 지 몇 달이 지났을 무렵부터 늘 긍정적이고 적극적인 선생님이 "이제 슬슬 〈달빛〉을 시작하셔야죠"라고 말을 꺼냈다.

전혀 예상하지 못했다. 아직은 무리라고 생각했으니까. 그렇게 쉽게 칠 수 있을 리가 없다는 생각에 소극적으로 반응했지만 마음은 하늘 높이 붕 날아올랐다. 그러니까 내 실력이 예상보다 빨리 늘었다는 의미가 아니겠는가.

내 입으로 말하기 그렇지만, 가만히 돌아보면 정말로 실력이 향상된 듯했다. 바로 반년 전만 해도 〈반짝반짝 작은 별〉의 단순한 멜로디를 떠듬떠듬 치면서 예상을 한참 초월한 건반의 무게에 놀라지 않았던가. 그때가 벌써 아득하게 느껴진다. 하지만 이제는 카페에 손님이 있을 때도 뻔뻔하게 연주하게 되었고 그들로부터 멋지다는 찬사도 받고 있다.

물론 이 모든 게 선생님의 지도 덕분이지만, 내가 들인 엄청난 노력의 산물이기도 하다.

사실 나는 무언가에 홀려 있었다. 밥벌이 수단인 원고는 쓰지 않더라도 그날의 피아노 연습 시간만은 반드시 확보했다. 어딜 봐도 합리적인 행동은 아니었지만 아무튼 나 자신도 놀랄 만큼 빠르게 실력이 향상되고 있는 건 분명했다. 인간은 하면 된다. 비록 젊지 않아도 성실하게 열심히 하면 비록 미세하나마 전진하게 되며 그 작은 전진도 쌓이면 커다란 한 걸음이 되는 것이다.

선생님에게는 〈달빛〉은 아직 어려울 것 같다고 말해 놓고는 들뜬 마음을 억누르지 못해 몰래 악보를 구해 조심스럽게 건반을 눌러 본다. 정말 칠 수 있을까. 어떤 느낌일까.

과연 놀라운 세계가 나를 기다리고 있었다.

한 음을 누를 때마다 나는 맹렬하게 감동했다. 놀라고 감탄하고 뭉클해져 숨을 몰아쉰다. 그 신비한 화음이 내 손끝에서 정말로 울리고 있다! 물론 당연한 얘기다. 눈앞에 악보가 있고 그대로 건반을 누르고 있으니까. 그런데 그 당연함이 도무지 당연하게 느껴지지 않았다.

그것은 내가 알던 〈달빛〉이 아니었다. 아니, 〈달빛〉은 맞는데 그저 아름답다는 생각만 했던 그 신비한 음악이, 내 손으로 직접 한 음 한 음 확인하며 건반을 누르자 더없이 사실적인 감각으로 눈앞에 스르르 나타났다.

대체 뭘까 이 감각은…?

그렇구나. 곡을 연주한다는 게 이런 거였구나!

듣는 것과 연주하는 것은 완전히 달랐다. 연주는 더욱 깊게 듣는 행위다. 곡과 하나가 되는 것이다. 자신의 신체를 사용해 곡을 연주함으로써 자신이 곡 자체가 된다. 이제껏 느껴보지 못한 감각이었다. 무엇보다 지금까지의 연습에서는 악보 읽기가 버거워 감동할 여유가 없었다. 나도 조금은 발전했다는 증거였다.

지금 나는 〈달빛〉 그 자체였다. 그리고 드뷔시였다. 이 신비하고 대단한 곡을 만든 드뷔시의 혁신성과 용기와 천재성이 내 몸에 벅차게 스며드는 기분이었다. 더 이상 멈출 수가 없었다. 계속해서 다음 소절을 확인한다. 어쩌면 칠 수 있을지도 모른다. 아니, 반드시 치고 싶다!

나는 곡을 향해 맹렬히 돌진했다.

미니멀리스트 드뷔시

애착의 힘은 무섭다.

그렇게 하기 싫던 악보 읽기도 그까짓 거 하는 마음이 된다. 물론 여전히 힘겹다, 충분히. 하지만 그 이상으로 설렘이 커서 고전하면서도 계속해서 앞으로 나아간다.

이 곡이 지닌 신비함의 힘도 컸다.

일단 8분의 9박자라는 처음 듣는 리듬에 놀랐다.

듣기만 했을 때는 왠지 애매해서 대충대충 치는 것처럼 느껴졌다. 그런데 악보를 보니 전혀 그렇지 않았다. 고심 끝에 지정된 리듬이었다. 그러니까 나는 35년 동안이나 이 곡을 들었으면서도 이 곡에 대해 아무것도 몰랐다고 할 수 있다. 그리고 그 예상을 뒤집는 전위적인 리듬이 기가 막힐 정도로 멋졌다. 이것은 재즈인가? 드뷔시, 이 양반은 100년 전에 이미 재즈라는 장르를 개척한 게 아닐까 하는 망상에 빠진다.

중반부터 전개되는 화려한 아르페지오arpeggio♦가 사실은 오른손과 왼손의 은밀한 협력의 결과라는 사실을 알았을 때는 작은 놀라움이 있었다. 그렇다. 오른손이건 왼손이건 상관없다. 음악은 자유다. 작곡가는 신에게 받은 열 개의 손가

♦ 화음의 각 음을 동시에 연주하지 않고 연속적으로 연주하는 주법.

락을 사용해서 아름다움을 한껏 만들어 낸다. 그리고 언뜻 복잡해 보이는 화음을 실제로 쳐 보니 옥타브가 많아서 음의 수가 의외로 적다는 사실도 반가운 놀라움이었다.

무엇보다 내림표♭◆가 다섯 개나 있으면서 화음이 끊임없이 이어지는 부분도, 평상시라면 머리가 끓어오를 듯 짜증이 났을 텐데 막상 해 보니 전혀 짜증나지 않는다. 의외로 심플하다. 그래서인지 마치 계단을 이동하듯 순조롭게 손가락이 움직인다. 어라? 치기 쉽잖아! 고맙습니다, 드뷔시! 그의 음악은 여분이 없는 음악. 실로 선적禪的이다. 혹시 드뷔시 당신은 미니멀리스트인가요? 스티브 잡스처럼?

악보에는 작곡가의 성격이 드러난다. 작곡가를 대변하는 말 그대로의 이력서다. 진료기록카드다. 비밀의 고백이다.

동경하는 천재들과 술잔을 기울이다

사실 악보의 소중함에 대해서는 요네즈 선생님에게 끊임없이 배웠다. 툭하면 선생님의 눈을 피해서 치기 힘든 음을 멋대로 생략하고 이음줄도 무시하며 내키는 대로 연주하는 못난 제자에게 선생님은 일일이 "삐익!" 하고 호루라기를 불

◆ 반음 내림. 플랫이라고도 읽는다.

며 옐로카드를 내밀었다. 그렇다. 선생님은 작곡가의 파수꾼이다. '어이, 거기 파마머리 아줌마, 멋대로 하면 안 돼!' 하고 작곡가를 대신해서 경고하러 온 존재다. 파수꾼의 검문을 통과하지 못하면 문 안으로 들어갈 수 없다. 그래서 처음에는 악보 읽기가 귀찮다고 생각했던 나도 눈에 띄게 성장했다. 주의를 받을 때마다 반성하고 지적받은 부분은 성실하게 수정했다. 그리고 악보대로 연주하면 아름다움이 살아난다는 사실도 분명히 알게 되었다. 선생님의 말씀대로 악보는 분명히 보물의 산이다.

하지만 그런 만큼 악보는 엄격하고 무서운 존재이기도 했다. 얼마나 소중한지는 알고 있다. 그렇다고 껴안고 싶을 만큼 좋아지지도 않는다. 여하튼 분명히 소중하기는 한데 성가시다고 할까, 눈엣가시라고 할까.

하지만 결국 나의 어리석은 편견이었음을 깨달았다.

악보를 보고 연주하면 듣기만 했을 때는 전혀 깨닫지 못했던 작곡가의 깊은 생각을 느낄 수 있게 된다. 그렇다. 악보를 보며 고생스럽게 연습하는 동안 작곡가와 만난다. 마치 동경해 마지않는 작곡가의 집에 초대되어 함께 밥을 먹고 느긋한 술자리를 갖는 것과 같다. 그러면 이전까지는 동경하는 마음으로 멀리서 바라보기만 하던 그 사람의 진짜 모습이 보인

다. 그리고 그 대상은 때로 수백 년 전에 사망한 희대의 천재인 경우도 있다.

그야말로 SF소설에 나올 법한 기적이 아닌가.

그렇게 깨달은 순간 내게는 가슴 떨리는 목표가 생겼다. 앞으로 죽을 때까지 최대한 많은 작곡가의 곡을 연주하며 최대한 많은 천재를 만나고 싶다. 그들과 느긋하게 술잔을 기울이고 싶다.

여하튼 무아지경에 빠져 선망하던 〈달빛〉을 연습한 보람 있게 이럭저럭 끝까지 칠 수 있게 되었다. 마침내 떨리는 손으로 첫 레슨에 임한다.

늘 그랬듯이 초긴장 상태로 위태위태하게 이를 악물고 끝까지 쳤고(발전 제로), 선생님의 "오, 굉장한데요!" 하는 따뜻한 칭찬을 받고, 송구한 마음으로 감사의 인사를 전하는 통례를 재빨리 끝낸다. 그다음은 당연하게도 페달 밟는 법, 손가락 사용, 중요한 연주 포인트, 템포 등의 수많은 지적을 받는 시간. 지적받은 부분을 유의해서 끙끙거리며 치고 있는데 선생님이 "잠깐 실례할게요" 하며 방금까지 내가 앉아 있던 의자에 앉아 방금까지 내가 더듬거리며 어설픈 소리를 내던 피아노로 시범을 보여 주신다.

…아아, 〈달빛〉이다! 비로소 〈달빛〉이다!

당연하다. 프로 피아니스트의 연주니까. 내 연주 따위와 비교하는 것 자체가 어불성설이지만 그럼에도 나는 큰 충격을 받았다. 오랜 세월 동경해 온 곡인 만큼 형편없는 내 연주 실력을 너무도 선명하고 또렷하게 인식할 수 있었다. 아픔과 슬픔을 동반한 현실이었다.

내 연주는 〈달빛〉이 아니다. 적어도 내가 사랑하는 〈달빛〉은 아니다!

드뷔시와 의기투합하며 신난 것도 잠시, 새로운 고난이 시작되고 있었다.

마음과 달리 늙은 몸은 제자리걸음

사람들이 피아노를 시작하는 동기 중 하나는 동경하는 곡을 치고 싶어서일 것이다.

사실 그런 동기 없이 에베레스트를 등반하는 것처럼 고된 피아노라는 악기를 마주하는 건 어려운 일이다.

하지만 이제 와 생각해 보니 그건 경솔하고 무모한 동기였음을 통감하고 말았다.

내가 동경했던 곡, 드뷔시의 〈달빛〉.

처음에는 더할 나위 없이 즐거웠다. 열심히 악보를 읽어 가며 그 음을 내 손가락으로 재현하는 기쁨에 매 순간 감동했다.

하지만 한차례 악보 읽기를 끝내고 이제 좀 제대로 쳐 보려는 시도를 하자마자 길이 가시밭으로 뒤덮였다. 도저히 앞으로 나아갈 가망이 없다. 아니, 어쩌면 아주 조금씩은 발전하고 있는지도 모른다고, 그렇게 믿고 싶지만 보통 방법으로는 불가능했다.

조금 매끄럽게 칠 수 있게 되자 이제는 온통 거슬리는 곳뿐이다. 이게 어른의 피아노가 가진 숙명인지도 모른다. 여하튼 머릿속에는 '이상적인 〈달빛〉'이라는 당찮은 세계가 완성되어 있다. 어렸을 때는 거의 무념무상이던 덕분에 무작정 긍정적으로 생각할 수 있었다. 조금이라도 빠르게 칠 수 있게 되면 득의양양이었다(당시에는 빠르게 칠수록 멋지다고 생각했다). 하지만 어른은 다르다. 사실 얼마 전까지도 비교적 순수했다. 거의 제로에서 출발했기 때문에 쇼팽을 칠 수 있게 되어서, 베토벤의 소나타를 칠 수 있게 되어서, 악보를 읽고 마지막까지 연주해 낼 수 있어서 순수하게 기뻐했다.

하지만 그 과정을 지나고 막상 선망의 곡을 마주하자 기쁨은 사라지고 이상과의 거대한 괴리밖에 느껴지지 않았다. 좀더 멋지게, 좀 더 아름답게, 좀 더 정열을 담아서 치고 싶지만 마음뿐이다.

마음만 앞서고 늙은 몸은 제자리걸음이다. 강조하고 싶은 곳에서 소리를 크게 내려고 하면 들려오는 건 전혀 크지 않은데 탁한 소음! 게다가 힘을 실은 만큼 리듬도 흐트러져 수습도 어렵다. 생각했던 소리에 다가서기는커녕 점점 엉뚱한 방향으로 가 버렸다.

정말이지 매일 최소 2시간은 연습했다. 그런데도 같은 부분에서 여전히 제자리걸음인 이 한심함이란.

막다른 골목입니다

상황이 이렇게 되자 커다란 모순 하나가 등장했다.

대체 나는 왜 이 곡을 연주하고 있을까?

나의 연주를 가장 많이 듣는 사람은 당연히 나 자신이다. 그리고 그 연주는 형편없다. 즉, 스스로 굳이 형편없는 〈달빛〉을 연주하며 날마다 몇 번씩이나 듣고 있다. 그렇게도 좋아하던 곡을 굳이 최악의 연주로! 나는 뭐가 아쉬워서 그리 모순으로 가득한 행동을 할까?

그뿐만이 아니다. 만약 다른 사람에게 연주를 들려 줄 기회가 있어서 그 자리에서 굳이 이런 형편없는 연주를 들려준다면 그건 거의 범죄 행위일 것이다. 드뷔시가 만들어 낸 기적 같은 곡도 순식간에 물거품로 된다. 당연히 세상에는 뛰어난 연주가의 명연주가 기라성처럼 넘친다. 그런데 굳이 내가 끼어들어서 지저분한 점을 찍을 필요가 있겠는가.

'언젠가는'이라는 꿈이 이루어진다면 괜찮겠지. 아무리 오랜 시간이 걸려도 언젠가 내 나름 만족할 만한 〈달빛〉을 연주할 수 있게 된다면 그 시간도 기꺼이 견딜 수 있다.

하지만 정말로 그런 날이 올까.

사실은 최근 들어 계속 한 가지가 마음에 걸렸다.

피아노를 다시 시작하면서 피아노 관련 책이나 영화도 많이 접하게 되었는데 그러다가 냉혹한 사실을 깨달았다.

피아노는 결국 어렸을 때부터 계속해야만 의미가 있다는 사실이다.

예컨대 나카무라 히로코中村紘子◆의 명저 『피아니스트라는 미개인이 있다』에 이렇게 나와 있다.

'일반적으로 볼 때 피아노 연주의 기본 기술은 대체로 12세 정도에서 15, 16세 때가 가장 중요하다', '세계적인 피아니스트가 되기 위해서는 그 나이대에 표현 기술을 완전히 익혀야

◆ 1944~2016 일본의 피아니스트. 1965년 제7회 쇼팽피아노콩쿠르에서 4위로 최연소 입상했다.

한다. 음악 학교나 대학에 들어간 후에 고치려고 하면 이미 늦은 것이다'

12세 정도부터 15, 16세라니…. 이미 지난 지 오래입니다만! 혹시나 해서 하는 말인데 나는 세계적인 피아니스트가 되고 싶은 생각은 추호도 없다(당연한 말). 그저 내 손으로 피아노를 칠 수 있기를 바란다. 아름다운 곡을 자신의 손으로 기분 좋게 치고 싶은 평범한 중년 여성일 뿐이다.

그렇다고는 해도 나는 조금 안이하게 생각하고 있었다.

어른의 무기는 '노력은 배신하지 않음'을 아는 것이라고 생각했다. 분명히 아이들의 가능성은 무한대겠지만 유감스럽게도 아이들은 성실하게 노력하기 어렵다. 그러나 어른은 할 수 있다. 노력 여하에 따라 녹슨 가능성도 연마할 수 있다. 그게 내가 이 나이에 피아노를 마주하고 있는 이유다.

하지만 지나치게 낙관적인 생각이었는지도 모른다.

과연 나는 이 이상으로 발전할 수 있을까. 100의 노력을 기울인다면 100만분의 1이라도 분명 발전할 수는 있을 것이다. 하지만 간과할 수 없는 무시무시한 현실이 있다. 노화다. 지금도 충분히 둔해진 내 머리와 몸은 앞으로도 갈수록 둔해질 일만 남았다.

그렇다면 노력으로 얻은 미미한 발전 따위는 노화에 의해

단번에 상쇄되지 않을까?

사실 나는 지금까지 줄곧 내가 나이 듦을 받아들일 수 있는 사람이라고 생각했다. 흰머리가 늘어나든 기미가 생기든 순리에 맡기자, 그것이 인생이라고 말이다. 하지만 이런 상황에 처하자 나는 나이 듦을 진심으로 슬퍼하게 되었다. 40년 만의 피아노는 어쩌면 완전히 헛수고가 아닐까. 그렇다면 노후의 삶에는 무슨 의미가 있을까. 앞으로의 인생에서 즐거움이란 대체 무엇일까.

어른의 피아노를
시작하는 법 2

연습은 얼마나 해야 할까

피아노를 다시 시작하면서 내가 선생님에게 가장 먼저 했던 질문이다.

"연습은 보통 어느 정도 하나요?"

그렇다. 그것조차 몰랐다.

어렸을 때는 지겨운 연습을 정말로 하기 싫었다. 게다가 연습하라는 엄마의 잔소리까지 더해진다면? 마지못해 연습을 시작하긴 하는데 억지로 하다 보니 이내 포기하고 만다. 그러니까 어렸을 때의 연습이란 억지로 하거나 아예 안 하거나 두 가지뿐이었고 '얼마나'와 같은 고도의 질문은 내 피아노 사전에 존재하지 않았다. 그렇게 생각하니 나도 제법 성장한 것 같다.

그건 그렇고. 선생님의 대답은 이랬다.

"아, 연습은 되도록 매일 하세요."

아, 그…그런가요!?

물론 많이 할수록 좋은 건 나도 알지만 선생님의 대답은 예상 밖이었다. 어차피 아줌마의 취미 생활 정도라 그렇게까지 치열하게 하고 싶은 마음은 없었기 때문이다. 연습이 싫은 게 아니라, 어른의 세계에선 자기 생활 리듬에 맞춰 부담 없이 즐겁게 연습할 거라고 생각했다. 예컨대 주 2회 정도? 여하튼 매일 연습할 생각은 전혀 없었다. 어른이 된 지금이야말로 우아하게 연습하고 우아하게 피아노를 즐겨야 한다고 믿어 의심치 않았다.

그런데 매일이라니!

나도 모르게 '헉' 소리가 났다.

잠깐, 선생님이 혹시 뭔가 착각하고 있는 것은 아닐까? 선생님은 피아니스트라서 피아노에 진지하다. 그래서 학생도 진지하게 높은 수준을 목표로 한다고 생각할 수도 있다. 아니요, 저는 그런 게 아니라고요! 어디까지나 취미로 피아노를 조금 칠 수 있다면 좋겠다는 정도로 가볍게 생각하고 있습니다만….

그런데 그런 내 마음의 소리가 들렸는지 선생님은 곧바로 이유를 설명하셨다. 이유를 들어 보니 매일의 연습은 결코 근성을 요하는 것이 아니었다. 실로 합리적인 이유가 있었다.

피아노를 연습하면 할수록 능숙해진다. 하지만 그 능숙함은 연습을 끝낸 그 시간 이후로 서서히 사라진다. 그래서 완전히 사라지기 전에 다시 연습하는 게 중요하다. 그 과정을 반복해야 비로소 실력이 늘기 때문이다. "5분이라도 좋으니 하루에 한 번은 피아노를 접하는 편이 좋아요."

뼈에 사무칠 만큼 이해됐다. 그리고 그 말이 사실이라면 내게는 다른 선택의 여지가 없었다. 나에겐 1년 안에 〈달빛〉을 연주한다는 목표가 있는데 실력은 거의 제로 지점에 있었다. 매일 조금씩이라도 실력이 늘지 않으면 〈달빛〉이라는 산의 정상에 서는 일은 영원히 없을 것이 분명했다.

그런 고로 다음 날부터 나는 매일 피아노를 마주했다.

지금 와서 생각해 보니 그때가 인생의 분수령이었다. 그날 이후 날이면 날마다 적어도 2시간은 피아노를 붙잡고 있다. 성실해서도 아니고 열정이 넘쳐서도 아니다. 고작 5분으로는 도저히 발전은 바랄 수도 없음을 곧바로 깨달았기 때문이다. 매일의 강박은 무시무시했다. 여행을 가도 관광은 대충대충 끝내고 인터넷으로 연습 스튜디오를 찾아 답답한 방음실에 틀어박혀 연습했다. 정말이지 사람의 말이란 무섭다.

선생님의 말 한마디에 남은 인생의 12분의 1을 피아노에 깨끗하게 바치고 있는 꼴이니 피아노에 인생을 빼앗겼다고 해도 과언이 아니다.

그리고 실제로 매일 해 보니 선생님의 말씀처럼 조금씩 실력이 느는 것 같다. 아니, 늘고 있어야 한다. 그렇지 않으면 버틸 수가 없다.

하지만 확실히 알아야 할 점은, 실력은 무서울 정도로 '조금씩'밖에 늘지 않는다는 점이다. 안타깝지만 급속하게 실력이 느는 일은 절대 없다. 그리고 그만큼 연습했는데도 이 정도이니 게으름이라도 피웠다면 얼마나 끔찍한 상황이 되었을까 하는 무서운 생각을 떨칠 수 없다. 그러니 결국 매일 연습하는 수밖에. 하루도 빼먹고 싶지 않다는 간절한 마음 덕에 여기까지 왔다.

레슨은 얼마나 자주 받아야 할까

어렸을 때는 매주 피아노 레슨을 받았다. 연습은 하나도 안 했으니 선생님께 꾸중 들을 것이 불을 보듯 뻔했기에 집을 나설 때면 억지로 끌려가는 송아지처럼 고개를 푹 숙였다. 무슨 벌을 받는 기분이었다. 판에 박은 듯 똑같은 과정을, 매주 반복하는 일은 꽤 큰 고행이다. 그럴 바에는 차라리 연습하면 될 텐데 그러지는 않았다. 쓸데없이 완고했다. 내 시간도, 선생님의 시간도 허비한 꼴이었다. 지금 와서 생각하니 면목이 없다.

여하튼 피아노를 배우는 다른 친구들의 상황도 대부분 마찬가지여서 당시에는 매주 레슨이 표준이었을 것이다. 그래서 지금도 피아노를 배우려면 매주 레슨이 기본이라고 생각하는 사람이 많을 것이다. 그로 인해 과거의 어두운 기억이 떠올라 시작을 주저하는 게 아닐까.

하지만 그런 규칙은 없다.

각자의 생활 리듬이나 상황에 따라 레슨 주기를 정하면 된다. 많이 받든 적게 받든 편할 대로 정하면 된다고 우리 요네즈 선생님도 말씀하셨다.

그리고 경험해 보니 확실히 맞는 말이었다. 나는 한 달에 한 번 레슨을 받는다. 단언컨대 이걸로 충분하다.

무엇보다 이 나이가 되면 아무리 열심히 연습해도 노력의 흔적이 보이는 지점까지 가려면 최소 한 달은 걸린다. 사실 한 달도 아슬아슬하다. 일주일로는 코딱지만큼의 발전도 없다, 안타깝게도. 게다가 현실적인 문제가 더 있다. 어렸을 때와는 달리 선생님 앞에서 피아노를 치는 행위만으로도 엄청나게 긴장한다. 그렇게도 형편없는 연주를 선생님 앞에서 당당하게 선보였던 어린 시절의 내가 존경스러울 정도다. 지금은 레슨 며칠 전부터 긴장이 되어 일이 손에 잡히지 않는다. 그런 긴장 상황이 매주 반복됐다가는 우선 몸이 남아나지 않을 것이다.

물론 이건 내 경우에 불과하니 레슨에 부담을 느끼지 않는다면 자주 받아도 좋고, 반대로 느긋하고 편안하게 배우고 싶다면 두 달에 한 번도 괜찮지 않을까 싶다.

사소한 부분이지만 레슨 횟수를 스스로 결정할 수 있다는 사실만으로도 억지로 시켜서 할 때 느꼈던 거부감은 말끔하게 사라진다. 끌려가기는커녕 레슨을 받으러 가는 길이 즐겁다.

스스로 정한다는 것이 의외로 큰 부분을 차지한다.

어떤 곡을 연주하든 자유

당연하지 않냐고 되물을 듯하다. 물론 그렇다. 현대를 살아가는 우리는 자유롭기에 어떤 곡을 연주한다고 해서 구속되거나 사형당할 일은 없다. 치고 싶은 곡을 치면 된다.

하지만 이 당연한 일이 그간 당연하지 않았다.

40년 만에 피아노를 다시 시작했다고 여기저기 자랑하면 대부분 부럽다고 말한다(물론 그 말을 듣고 싶어서 자랑하지만).

그리고 반드시 이어지는 말들이 있다.

"근데 손가락이 움직일까?"

"하농 같은 걸 죽도록 연습해야 하는 거 아니야?"

뼛속 깊이 그 마음을 이해한다. 나도 그렇게 생각했었다. 어려서 피아노 레슨을 경험한 우리 머릿속에는 그 정도로 '피아노 연습 = 하농'이라는 도식이 박혔다. 일단은 손가락의 기초 훈련부터 끝내야 비로소 달리고 날아다닐 수 있다고, 곧바로 무언가를 연주할 수 있다고 생각하면 곤란하다고, 피아노란 그렇게 만만한 게 아니라고…. 이런 생각을 그 무시무시한 선생님들이 뼛속까지 새겨 넣은 것이다.

물론 지금도 그렇게 생각하는 선생님이 존재할 것이며, 그것도 나름의 방법이다.

하지만 중장년만 두고 말하자면 지금의 나는 큰소리로 이렇게 외치고 싶다. 그런 건 하지 않아도 됩니다! 그냥 곧바로 좋아하는 곡, 연주하고 싶은 곡으로 전진하세요!

이유는 단 하나. 우리에게 남은 시간은 무한대가 아니다. 인생 후반전에 들어서면 언제 콜드게임으로 끝날지 모른다는 사실을 각오해야 한다. 언젠가 좋아하는 곡을 치기 위해 하농부터 열심히 연습하다가는 그 언젠가가 오기 전에 인생이 끝날지도 모른다.

{ tip }

그런데도 고집하겠는가?

하겠다고 한다면 물론 말리지 않겠다. 무엇을 치든 자유니까. 하지만 나는 그렇게 하지 않았다. 사실은 어렸을 때도 허락만 된다면 그런 지루한 과정은 건너뛰고 곧바로 좋아하는 곡을 치고 싶다고 늘 생각했다. 가능하기만 하다면.

그렇다. 문제는 정말로 그게 가능한가이다. 하농도 끝내지 않고 갑자기 쇼팽의 녹턴에 도전해서 정말로 제대로 칠 수 있을까. 그런 꿈같이 달콤한 일이 실현될 수 있을까.

결론을 말하자면, 가능하다.

꿈이나 기적이 필요한 것도 아니고 생각해 보면 당연한 일이다.

물론 기초 연습은 중요하다. 기지도 못하면서 달리기를 할 수는 없다. 하지만 그 기초 연습이 하농일 필요는 없다. 연습도 되는 '원하는 곡'을 찾으면 된다. 요컨대 자신의 수준에 맞고 더구나 진심으로 치고 싶은 곡을 찾아서 열심히 연습하면 된다.

그렇게 입맛에 딱 맞는 곡이 있느냐고? 내가 직접 경험한 바로는 피아노곡은 정말 별처럼 수많은 데다가, 그중에서는 깜짝 놀랄 만큼 아름다우면서도 쉬운 곡도 얼마든지 있다. 그래서 수준이 어떻든 곡 선택에 어려움을 겪을 일은 절대 없다. 자신의 수준을 모르겠다면 선생님에게 조언을 구하자. '이 곡을 치고 싶은데 어떨까요?' 하고 물으면 기꺼이 조언해 줄 것이다.

이로써 하농 문제는 해결이다.

'그렇게 간단하게?' 하는 의문이 들 것이다.

믿어도 된다. 약간의 발상의 전환(사실 전부 선생님 말씀을 도용한 것)이다. 하지만 이 부분은 중요한 핵심이라고 생각한다.

슬픈 얘기지만, 어른은 어린이와 똑같이 연습해도 비교도 되지 않을 만큼 발전이 없다. 어린이와 똑같은 식으로 연습했다가는 승산도 희망도 없다. 그러니 '하농부터' 따위의 어렸을 때의 기억을 끄집어내서는 안 된다. 어른에게는 어른 나름의, 어른만의 피아노가 있다. 어른의 피아노의 즐거움은 실력이 좋다거나 없다는 등의 사소한 문제와는 다른 곳에 있다.

그렇게 믿지 않으면 해 나갈 수 없지 않을까.

그러니 부디 나와 함께 모험의 여행을 떠나 보길 바란다. 거기에는 분명 어린이의 피아노보다 훨씬 깊고 고아한 세계가 기다리고 있으리라 믿으면서.

{ tip }

3악장

굳은 몸, 굳은 머리

가혹한 음악의 세계

잠시 지나온 시간을 돌아보자. 초등학생 즈음에 배웠던 피아노를 40년 만에 다시 시작해서, 1년 안에 선망하던 〈달빛〉을 연주한다는 목표를 품었다. 그리고 많은 일이 있었지만 무엇보다 요네즈 선생님이라는 훌륭한 스승을 만나는 행운을 누렸고, 목표보다 두 배나 빠른 반년 만에 꿈의 곡을 연주하기에 이르렀다.

자화자찬하지 않을 수가 없다.

하지만 인생은 역시나 호락호락하지 않다. 자화자찬도 잠깐이었고 그 사이에 현실은 완전히 막다른 길에 들어섰다.

분명 열심히 피아노를 쳤고 필사적으로 연습했다. 선생님에게 칭찬도 받았다(늘 감사합니다).

그리고 여기에 이르기까지 다양하고 멋진 발견도 있었다. 얼마 전까지만 해도 클래식이란 고상한 척하는 마니아의 아니꼬운 취미로만 여겼는데, 조금이라도 더 잘 치기 위해서 온갖 연주와 명곡을 듣다 보니 어느새 내가 그 아니꼬운 마니아가 되었다.

그뿐만 아니라 베토벤이나 쇼팽이 어느새 내 망상에서는 성가신 아저씨나 신경질적인 사촌 형제만큼 친근한 존재가 되어 있었다. 인생 후반전에 생각지 못하게 받은 두근거리는 선물이었다. 앞으로는 쓸쓸하게 저물어 갈 뿐이라고 생각했던 내 인생에 아름다움과 즐거움이 마르지 않는 풍요로운 샘이 홀연히 나타난 것이다. 정말로 모든 인연에 감사와 감동이 벅차오른다.

꿈은 이루었다, 분명히.

하지만 진짜 꿈은 결코 이룰 수 없다는 냉혹한 현실을 맞닥뜨린 뒤 마음이 부글부글 끓어올랐다.

처음에는 그저 피아노를 칠 수만 있으면 좋겠다고 생각했다. 악보를 읽고 처음부터 끝까지 그럭저럭 칠 수 있으면 감지덕지라고. 유사품 〈달빛〉을 연주할 수 있는 정도면 만족하겠다고 생각했다.

그런데 음악의 세계는 실로 가혹하다.

아무리 미숙한 연주라도 일단 공기를 진동시키고 나면 틀림없는 '곡'이 된다. 형편없는 나의 연주이건 유명한 피아니스트의 음원이건 내 귀에 들리는 곡은 내가 사랑해 마지않는 명곡이다. 그런데 왜 그 명곡을 형편없는 연주(by 아프로헤어)로 날이면 날마다 들어야 하는가. 왜 자원해서 그런 고문을 견뎌야만 하는가. 연습하면 할수록 의문은 커져만 갔다.

역시 명곡이란 그 자체에 아름다움과 엄격함을 동시에 품고 있었다. 유사품 연주 따위에는 절대 허락하지 않는다.

물론 연습에 연습을 거듭해서 더디더라도 명연주에 아주 조금이라도 다가갈 수 있다면 문제가 되지 않는다. 내게 그 정도의 인내력은 있으니까. 그래서 처음에는 당연히 그렇게 믿고 맹연습을 거듭했다. 2시간이던 연습은 3시간이 되었고, 마침내 아침과 저녁으로 두 번에 나눠서 연습하기에 이르렀다.

슬럼프가 찾아왔다?

하지만 그렇게까지 했는데도 생각만큼 진전이 없었다. 피아노를 시작했을 때와는 달리, 갈수록 아무리 시간을 들여서 미숙한 부분을 수없이 연습해도 능숙해지지 않았다. 이 부분은 이렇게 치고 싶다는 머릿속 이미지와 실제 연주 사이의 간극은 감당하기 힘들 만큼 커져만 갔다. 강렬한 느낌으로 치고 싶은데 정작 들리는 건 퍼석거리는 거친 잡음이었고, 속삭이듯 섬세하게 치고 싶은데 정작 들리는 건 황당하리만치 큰 소리였다.

그렇지만 '분명 발전을 위한 과정이다. 불완전하지만 나름 실력이 향상됐기 때문에 이런 슬럼프가 온 거다' 그렇게 생각하려고 했다.

그래서 〈달빛〉을 겨우 끝낸 후에는 과감하게 새로운 곡에 도전했다. 바로 기교의 절정인 리스트^{Franz Liszt}의 곡! 사람들에게 리스트 얘기를 하면 모두 "대단해!"라고 반응한다. 바로 '대단해'라는 말을 듣기 위해서 리스트의 피아노곡을 하나부터 끝까지 전부 들었고 어떻게든 칠 수 있을 것 같은 간단한 곡을 찾아냈다. 그렇게라도 해서 나 자신에게 동기부여를 하려 했다. 그만큼 다급했다.

그래서 선택한 곡은 〈위안〉. 실로 명곡이다. 물론 막상 해보니 생각만큼 간단하지 않았다. 늘 그렇듯이 고생을 거듭하며 우직하게 연습했다. 그러는 동안 묻지도 않은 사람들에게 "지금 리스트를 치고 있어요~"라고 말하면 기대했던 대로 "대단해!"라는 반응에 마음의 위로를 받지만, 실제 연주는 엉망진창이라 원곡이 아름다운 만큼 나의 형편없는 연주가 더없이 슬프고 비참하게 느껴졌다. 그럼에도 간신히 선생님에게 합격을 받아 다음으로 넘어갈 수 있었는데 그다음으로 선택한 곡은 다시 베토벤의 곡이었다.

피아노 소나타 〈비창〉의 3악장.

그 무렵에는 내가 슬럼프에 빠졌다는 걸 이미 확실하게 인식하고 있었다. 이 상태라면 어떤 곡을 쳐도 어중간하게 끝날 것 같아서 두려웠다.

그리고 이 곡을 선택한 데에는 명확한 이유가 있었다. 줄곧 회피해 왔던, 나의 약점인 빠른 템포의 곡에 일부러 도전하고자 마음먹은 것이다. 그렇게 하면 어떻게든 이 슬럼프를 돌파할 수 있지 않을까 하는 심산이었다.

하지만 결과는 내 예상을 조각냈다. 돌파는커녕 나는 절체절명의 위기에 내몰리고 말았다.

정말로 '하면 된다'

'줄곧 피해 왔던 빠른 곡에 과감하게 도전함으로써 착실하게 기교를 쌓아 슬럼프에서 벗어난다.' 내가 생각해도 아주 적극적이고 기특한 태도다. 사실 그보다는 인터넷 검색 결과 〈비창〉 3악장은 베토벤의 빠른 곡 중 비교적 치기 쉽다는 정보를 약삭빠르게 찾아냈다. 신난다! 유명한 곡에 빠르고 멋진 데다가 쉽기까지 하다니 최고다! 하지만 요네즈 선생님의 의견은 달랐다. 어려운 곡이라고 했다.

그리고 역시 선생님의 의견이 옳았다.

처음에는 그럭저럭 평이하다고 생각했다.

내가 취약한 화음이 적어서 악보 읽기도 비교적 편했다. 반복 구간이 많아서 진행도 빨랐다. 보름 만에 더듬거리기는 해도 그런대로 거의 끝까지 칠 수 있게 되어서 나 자신도 놀랐다. 어머, 나도 꽤 실력이 늘었는데 싶어 곤두박질치던 자존심도 조금은 살아났다.

그러나 역시 속도가 발목을 잡았다. 물론 실력자 눈에는 빠른 축에도 들지 않겠지만, 나의 40년 만에 도전한 곡 중에는 분명히 최고로 빠른 곡이다. 생각지도 못한 빠른 속도의 악구가 끝없이 되풀이된다. 무자비한 속도 공격에 고통을 넘어서 슬픔이 느껴졌다. 하지만 이 곡을 고른 사람은 다름 아닌 내가 아닌가. 이 곡은 좀 무리가 아닐까 하는 내면의 불평도 의심도 애써 외면하며 분명 언젠가는 칠 수 있다는 희망을 억지로 부여잡고 떠듬떠듬 그저 우직하게 연습했다. 생각을 비우고 오로지 반복해서 손가락만 움직이기를 반복하다가 정신이 혼미해졌다. 실제로 몇 번인가 정신을 잃었을(잤다) 정도다.

그리고 정말로 '하면 된다'.

연습 장소인 카페에서 연일 형편없는 피아노 연주를 들어야 했던 단골손님들도 처음에는 무슨 곡인지 몰라 의아해하는 표정이었지만, 점점 '응? 어디서 들어 본 곡인데?' 하는 표정으로 바뀌었고 콧노래로 합주해 주는 사람도 생겼다. 말하자면 〈비창〉 비스름해진 것이다! 그러자 금세 또 우쭐해졌는데 그런 내가 귀엽다고 헤야 할까, 비보 같다고 헤야 할까⋯. 여하튼 아침저녁으로 게으름 피우지 않고 정신없이 연습했다. 시산을 들이면 날쌩이처럼 느리기는 해도 앞으로 나아갈 수 있다.

다시 찾아온 통증

이변은 갑자기 찾아왔다.

아침에 일어나니 왠지 손가락이 심하게 굳어 있다. 기름칠을 하지 않은 기계처럼 뻑뻑하고, 움직이면 묵직한 통증이 느껴진다. 살짝 눌러 보니 확실히 아프다. 손가락 처음부터 끝까지 전부 아프다. 이런 날도 있으려니 하고 넘어갔지만, 통증은 다음 날에도 또 그다음 날에도 이어졌다.

불길한 예감이 들었다.

피아노를 시작한 지 얼마 안 되어 통증이 왔을 때는 설마 그 무서운 건초염이 아닐까 두려워하며 선생님에게 상담했고 근육통 같다는 말을 들었다. 선생님은 그 곡을 친 게 손에 무리가 된 모양이니 다음으로는 쇼팽의 곡을 하자고 적확하게 조언해 주셨고 덕분에 통증은 무사히 사라졌다. 그리고 목구멍만 넘어가면 뜨거움을 잊는다는 말처럼 이후에는 통증에 대해 완전히 잊고 있었다.

가만, 그러고 보니 몇 개월 전 〈비창〉 2악장을 연습할 때 허리에 통증이 있어서 마사지를 받으러 갔다가, 그곳에서 피아노가 원인이 아닐까 하는 얘기를 들은 적이 있다. 하지만 그 통증도 얼마 지나지 않아 사라졌고, 설령 피아노가 원인이라고 해도 익숙하지 않아서 그런 것이니 계속 연습하면 몸이 적응하겠거니 여겼다. 그리고 사실은 계속해서 새로운 곡에 도전하는 데에 정신이 팔려서 통증에 대해 진지하게 생각할 여유가 없기도 했다. 지금 와서 생각해 보니 나는 피아노를 치며 정말 행복한 나날을 보내고 있었다.

하지만 통증의 부활이라니.

일시적인 현상이겠거니 생각했다.

아무래도 연습이 조금 지나쳤던 모양이라 연습 후에는 욕조에서 손가락과 손바닥, 팔을 정성스럽게 마사지했다. 인터넷으로는 피아니스트의 스트레칭을 검색했다. 손가락을 젖

히거나 손가락 사이를 벌리는 동작을 하면 손가락이 잘 펴져서 연주가 편해진다고 하길래 열심히 따라 했다. 연습 시간도 2시간 정도로 적당하게 조절하기로 했다.

하지만 증상은 전혀 좋아지지 않았다.

오히려 악화되고 있었다. 아침에 일어날 때면 통증이 날로 더해졌다.

처음으로 연습이 싫어졌다

이런 상황이 되자 어쩔 수 없이 두렵다. 통증이 생기면 곧바로 연습을 중지하라는 요네즈 선생님의 조언이 떠오른다. 인터넷으로 통증 대처법을 검색하니 거기서도 대부분 일단 피아노를 중단할 것을 제안한다.

흐음….

이번만은 그 말을 따를 수밖에 없다고 생각했다. 그 정도로 증상이 심각했다.

시험 삼아 연습을 하루 쉬었더니 확실히 통증이 줄었다.

안심하는 한편으로, 다른 의문이 떠올랐다.

이대로 내일도 모레도 연습을 하지 않으면 증상은 분명 나아질 것이다. 하지만 다시 시작하면? 곧바로 똑같은 일이 벌어질 것이다. 그렇다면 아무리 생각해도 이것은 일시적인 위기가 아니다. 나는 거대한 벽에 가로막힌 건지도 모른다.

그렇다. 〈반짝반짝 작은 별〉 때 찾아온 위기를 '천천히 연주하기'로 극복한 이후에는 통증이 생기지 않아서 이제 괜찮다고 생각했지만 섣부른 판단이었다. 곰곰이 되짚어 보면 다시 통증이 생긴 게 이상한 일이 아니다. 왜냐하면 빠른 곡을 연습하고 있기 때문이다. 천천히 치면서 일시적으로 엎누르고 있었지만 빠른 곡을 치자 눈가림을 할 수 없게 되었다. 피아노에 익숙해져서 통증이 사라진 줄 알았는데 조금도 익숙해지지 않았던 모양이다.

〈비창〉 3악장은 인터넷에 따르면 비교적 간단한 곡이다. 하지만 내게는 무리였다. 그 증거로 지금 나와 피아노는 적대적 관계가 되었다. 연습하면 할수록 몸이 망가졌으니.

슬픈 현실에 처음으로 연습이 싫어졌다. 아니, 연습은 하고 싶다. 실력이 늘기를 바라니까. 잘 치고 싶으니까. 하지만 피아노 앞에 앉는 것이 두렵다. 피아노를 치면 칠수록 통증이 커져서 연습이 즐거울 수가 없다. 기분은 가라앉았고 아름다운 곡을 쳐도 내 안에서는 아름답게 울리지 않는다. 그저 기계처럼 손가락을 움직이는 나. 더구나 지금의 연습 때문에 다시 손가락이 아파질 것을 알고 있다. 이런 연습에 대체 무슨 의미가 있지?

어디선가 가장 듣고 싶지 않은 말이 들려온다.

…결국은 무리였어. 40년 만의 피아노 같은 건. 지금 몇 살이라고 생각해? 알잖아? 연습만 하면 잘 칠 수 있을지도 모르지. 하지만 안타깝게도 네 몸은 연습을 견디지 못했어. 이제 한계라는 뜻이야. 뭐 이 정도면 그나마 잘 버텼지….

피아노를 그만둬?

아무리 귀를 막아도 무시할 수 없는 말이었다. 이 상태로는 확실히 피아노를 계속 칠 수 없다. 물론 재능도 없고 더 이상 젊지도 않지만 그 대신 우리 중장년에게는 젊은 사람에게는 없는 인내력이 있다, 성실하게 연습하면 분명 어떤 곡이든 칠 수 있게 된다, 그러니까 포기하지 말고 열심히 하자는 다짐이 지금까지 나의 도전을 지탱한 생명줄이자 단 하나의 믿을 구석이었다. 그런데 성실하게 연습하면 할수록 손이 아픈 냉혹한 현실 앞에서 근본 토대가 무너지려 했다.

아니야, 다른 길이 분명 있을 거야.

그러고 보니 이전에 손이 아팠을 때 '좀 더 느긋하게 합시다' 하고 요네즈 선생님이 말씀하셨다.

분명 그런 방법도 있을 것이다.

하지만 느긋하게란 뭘까?

연습량을 줄이고 손에 무리가 가지 않을 만한 간단한 곡을 치는 것? 그것도 하나의 방법일지 모른다. 애초에 내게 피아노는 그저 노후를 위한 취미였다. 누가 시켜서 하는 것도, 정해진 목표가 있는 것도 아니다. 그렇게 기를 쓰고 할 필요가 없다. 더구나 피아노 명곡 중에는 손에 부담이 적은, 그러나 틀림없이 아름다운 곡은 얼마든지 있다. 그러니까 내 분수에 맞는 나름의 곡을 골라 나의 페이스에 맞추어 쉬엄쉬엄하면 된다.

하지만.

'간단한 곡'이라는 게 있을까.

아무리 느리고 음표가 적은 곡이라도, 아니 오히려 그런 곡이 더 어렵다. 그 사실을 통감했기에 더욱 슬럼프에 빠졌고 어떻게든 극복하려고 빠른 곡에 과감하게 도전하지 않았나. 결국은 어떤 곡이든 제대로 치려면 죽을힘을 다해 연습해야 하지 않던가. 죽을힘을 다해 연습했을 때 비로소 피아노가 즐거워진다. 무슨 일이든 힘든 길을 피하면 진정한 열매, 그러니까 진정한 즐거움을 얻을 수 없다. 그리고 아무런 이득도 없는 취미이기에 더욱이 진심으로 즐겁지 않으면 의미가 없다.

게다가 아무리 느긋하게 한다고 해도 피아노를 치는 일이 내 몸을 아프게 한다는 사실에는 변함이 없다. 그렇다면 '느긋하게'로는 해결이 되지 않는다. 다시 통증이 나타나지는 않을까 두려워하며 치는 피아노라면 아무리 느긋하게 쳐도 즐거울 리 만무하다. 피아노 치는 일이 이렇게까지 즐거운 이유는 결국 내 마음을 해방시켜 주기 때문이라고 생각한다. 몸과 마음은 이어져 있다. 몸을 아프게 하면서 마음이 자유로울 리가 없다.

말 그대로 진퇴양난이었다.

그러면 피아노를 그만둬?

여기까지 와서?

섬뜩했다. 눈앞이 온통 암흑이었다. 무서울 정도로 공허한. 나는 진심으로 두려웠다.

피아노 곁의 무덤

어느새 피아노는 내 인생에 깊숙이 들어와 있다. 물론 피아노와 함께하는 동안 즐거운 일만 있지는 않았다. 오히려 냉정하게 돌아보면 좌절과 패배의 연속이었다. 더구나 시간 도둑이 아닌가. 생각할수록 손해뿐이었다. 하지만 거기에는 커다란 빛과 같은 무언가가 있었다. 그게 무엇인지는 설명하기 어렵지만, 막상 잃어버릴 상황이 되자 앞으로 시들어 가기만 할 내 인생에서 절대로 잃어버려서는 안 되는 무언가, 살아가는 데에 더없이 소중한 무언가, 말하자면 '희망' 같은 존재가 분명히 거기에 있다는 기분이 들었다.

내게 피아노는 그만큼 불가결한 존재가 되어 있었다. 진부한 표현이지만 피아노가 없는 인생을 떠올리기만 해도 마치 마음에 구멍이 뻥 뚫린 듯하다. 따분하고 허전하고 살아 있다는 느낌마저 잃어버릴 듯한 기분이다. 내게 있어 피아노의 존재감을 새삼 깨닫는다.

피아노, 정말 무서운 존재다! 나에게 이런 존재가 될지는 상상도 하지 못했다.

애초에 피아노를 다시 시작하는 게 아니었는데. 피아노를 시작하기 전에는 또 그 나름 내 인생에 제법 만족했었다. 피아노 없이도 아무것도 모른 채 씩씩하게 생을 마감했을 것이다. 그런데 피아노를 시작한 바람에 나는 생각지도 못한 위험을 짊어지게 됐다.

사실이다. 피아노의 역사는 시체의 산이다. 과거 수백 년 동안 셀 수 없을 만큼 많은 천재가 이 악기를 위해 전신전령을 다해 곡을 쓰고 전신전령을 다해 연주했다. 물론 그 삶에 압도적인 기쁨이 있었겠지만 그만큼 대가도 컸다. 적지 않은 사람들이 정신적으로 육체적으로 피폐해졌고, 객관적으로 그다지 행복했다고는 보기 어려운 격동의 생애를 보냈다. 그러니까 피아노라는 이 마물은 많은 이의 생명과 혼을 끌어들이고도 아무 일 없다는 듯 말끔한 얼굴로 살아온 것이다.

그리고 나 역시 어느새 그 시체의 행렬 맨 끝자리를 차지하고 있는 건 아닐까? 피아노의 희생자는 어디까지나 천재들의 일이라고 생각했지만 아무래도 아닌 듯하다. 40년 만에 피아노를 다시 시작한 극동아시아의 섬나라에 사는 한 중년 여성이 피아노에 홀려 버렸으니까.

정말로 엄청난 일을 시작해 버렸구나 하고 이제야 깨달아도 이미 늦었다.

이미 내게는 그만둔다는 선택지가 없다. 절대로 그만두고 싶지 않았다.

그렇다면 남은 길은 하나뿐이다.

몸을 아프게 하지 않고 피아노를 치는 방법을 어떻게 해서든 찾아내야 한다.

하지만 아무리 머리를 굴려 보아도 무척이나 어려운 길일 듯하다.

그런데 손의 통증 없이 피아노를 치는 방법이 정말로 있을까.

물론 선생님께도 상담해야 한다. 하지만 다음 레슨까지 보름이 남아 있으니 그때까지 알아볼 만큼 알아본 뒤 마음을 정리해 두고 싶었다. 결국은 내 몸이다. 적어도 내 경우에는 피아노를 칠수록 몸이 망가질 가능성이 있다. 슬프게도 피아노란 그저 함께 즐겁게 놀 수 있기 만한 상대가 아니었다. 일단은 이 문제부터 결정해야 한다. 그 어려운 길을 극복해 가면서까지 피아노를 계속할 각오가 정말로 있는가. 이 부분은 나 자신이 결정해야 하는 문제다.

다른 사람에게 떠넘길 수 있는 문제가 아니다. 서둘러 인터넷으로 검색해 보니 세상에는 일류 피아니스트조차 손의 통증으로 고생하는 사람이 적지 않았다. 주위에 전문적인 스태프나 조언자를 가득 두었을 만한 사람조차 통증에 시달렸다.

그렇다면 통증 없이 피아노를 칠 수 있는 만만한 방법은 애초에 이 세상에 존재하지 않는지도 모른다. 강인한 몸과 뛰어난 운동 신경, 또는 신의 은총을 받은 자만이 기적적으로 그 상황을 피할 수 있을 뿐.

설령 통증 없이 바르게 연주하는 법이 정말로 있다고 해도 쉰을 넘긴 내가 이제 와서 그런 방법을 익힐 수 있을까 하는 의문도 든다. 어학이나 자전거가 그렇듯이 어렸을 때 몸에 익었는지 아닌지가 결정적으로 작용한다. 나이 든 사람에게는 노력만으로는 어쩔 수 없는 일이 넘쳐 나는 게 현실이다.

아무리 이리저리 생각해 봐도 가능성은 적어 보였다. 하지만 불가능하다면 나는 피아노를 단념해야만 한다.

그치만 아직은 피아노를 단념할 수 없어!

일단은 할 수 있는 일을 하자. 포기는 그다음에 해도 늦지 않는다. 나는 남몰래 비장한 각오를 했다.

그리고 나는 지금 한 권의 책을 필사적으로 읽고 있다.

『모든 피아니스트가 알아두어야 할 몸에 대해』. 인터넷 정보에 따르면 악기점 등에 흔히 비치된, 피아니스트를 대상으로 한 신체에 대한 기본 해설서다. 그러니까 딱히 특별한 책은 아니다. 하지만 책장을 넘겼더니 복잡한 골격과 근육이 묘사된 그림이 보기에도 위압적이었고, 내용도 상당히 어려웠다. 거의 의학서에 가까웠다. 하지만 나는 집어삼킬 듯 책장을 넘기며 어떻게든 이해하려고 애썼다.

이 책의 에필로그를 읽는 순간 나는 울음이 터질 것 같았기 때문이다.

거기에는 막막했던 내 질문에 대한 답이 전부 쓰여 있었다.

참고로 내가 이 책을 구입한 이유는, 바른 연주법을 익히기 위해 결국 기본의 기본부터 배워야겠다고 마음을 바꾸었기 때문이다. 고백하건대 처음에는 한시라도 빨리(말하자면 손쉽고 빠르게) 도움이 되는 지식을 찾으려고 인터넷을 검색했다. 예상대로 일반인은 옥석을 가리기 어려운 정보의 바다에서 허우적거릴 수밖에 없었다. 하지만 그중에서도 내용이 성실해 보이는 몇몇 글에서 이 책을 추천했기에 적어도 가짜는 아니겠다 싶었다. 그리고 그게 무엇이든 붙잡아야 했고 믿져야 본전이라는 생각으로 이 책을 구입했다.

여기에 적힌 내용은 기본 중의 기본일 것이다. 그런 기본도 모르면서 마구잡이로 돌진하고, 저 혼자 막막해하고 소란을 피우고 있었으니 부끄럽기 짝이 없다. 하지만 정보가 넘쳐나는 현대 사회에서는 기본을 알기가 의외로 간단치 않다. 그래서 부끄러움을 무릅쓰고, 처음 알게 된 사실에 혼자 감탄했던 문장 몇 개를 전하고자 한다. 나와 같은 고민을 안고 있는 사람들에게 도움이 되기를 진심으로 바라면서.

일단, 내가 가장 먼저 빠져든 문장이다. 내게 가장 시급했던 의문인 '나는 어떻게 되는 거야?', '피아노를 계속 칠 수 있

을까?'에 대해 저자는 거침없이 대답한다.

'일단 신체 어딘가에 이상이 생기면 이대로 낫지 않는 것은 아닐까 하고 낙담하는 사람도 많을 것입니다. 하지만 그렇지 않습니다. 실제로는 통증이나 이상을 피할 수도, 회복할 수도 있습니다.'

이 글을 읽었을 때의 기쁨이란! 나도 정말로 안 나으면 어떡하나 낙담하고 있었다. 내 마음을 어떻게 알았을까? 벌떡 일어나서 정체불명의 춤이라도 추고 싶다. 희망은 분명히 있었다.

'하지만 안타깝게도 대부분의 피아니스트는 통증이나 이상을 어떻게 피할지, 어떻게 하면 건강한 상태로 회복할 수 있는지에 대한 정보를 갖고 있지 않습니다.'

정말로 정보가 없다! 그래서 어찌할 바를 모르고 있는 것이다. 그런데 길을 잃고 어찌할 바를 모르는 사람이 나뿐만은 아니었구나.

'피아노를 치는 이상, 신체의 어딘가에 이상이 생기는 것은 피할 수 없다고 생각하는 사람도 있는 듯합니다. (중략) 하지만 그렇지 않습니다. 피아노를 친다고 신체의 어딘가가 아플 필요는 없습니다. 생각해 보세요. 평생 아픈 곳 없이 최고 난도의 피아노곡을 연주하는 피아니스트가 얼마나 많습니까.'

'몸이 아픈 건 운이 나쁜 탓이라고 믿는 사람도 있습니다. (중략) 하지만 이것도 틀렸습니다. 우연히 운이 나빠서 일어나는 일이 아닙니다.'

이 또한 얼마나 희망으로 가득한 문장인가.

피아노를 치는 한, 특히 열심히 연습할수록 신체에 이상이 생기는 건 피할 수 없는 일이 아닐까 하고 나 역시 의심했다. 아픈 곳 없이 피아노를 칠 수 있는 사람은 운이 좋은 일부이고, 더구나 이 나이에 피아노를 다시 시작하기에는 제약이 너무 많아서 쇠약한 몸이 비명을 지르는 것도 당연하다고 생각했다. 결국 나의 피아노에는 더 이상 미래가 없다고 절망하던 중이었다. 하지만 이 책은 그렇지 않다고 말한다. 누구에게나 길은 있다는 뜻이리라.

그러면 대체 내 몸은 왜 아플까?

그에 대한 답도 정말 담백하게 쓰여 있었다. 대부분의 통증이나 몸의 이상은 비효율적인 신체 사용 때문이라고 한다. 즉, 잘못된 신체 사용의 습관화가 원인이라는 것이다.

'통증이나 몸의 이상은 근육을 긴장시킨 상태에서 하는 연주가 원인입니다.'

'피아노 연주는 반복성이 아주 높은 운동입니다. (중략) 근육을 아주 미세하게 긴장시키는 동작이라고 해도, 수년 동안 하루에 수천 번을 반복하면 통증이나 이상으로 발전하기도 합니다.'

나는 소름이 돋았다. 눈이 번쩍 뜨이는 기분이었다.

이거야말로 완전히 내 이야기가 아닌가. 이 말이 사실이라면 몸이 아픈 게 당연했다.

긴장이라는 복병

나는 줄곧 연습은 쉬지 않고 꾸준하게 하는 게 가장 중요하다고 굳게 믿었다. 강한 정신력만 있으면 어떤 일도 해낼 수 있다는 따위의 근성 만능주의를 믿어서가 아니라, 젊었을 때 스포츠센터를 다니면서 얻었던 교훈 때문이었다. 근육 훈련을 하면 근육통이 생기는데 그 순간을 견디고 훈련을 지속하면 근육이 강해진다고, 강사가 가르쳐 주었다. 그리고 성실하게 스포츠센터를 계속 다니는 동안 확실히 몸은 근육질이 되었다. 노력은 배신하지 않았다. 노력에 대한 보상을 조금도 받지 못하는 부조리한 사회에서 온갖 고생을 한 내게 그 경험은 정말로 희망으로 가득한 교훈이었다. 그래서 사력을 다해 피아노 연습을 했다. 결국에는 하면 된다고, 많이 할수록 큰 성과가 따를 거라고 믿었다. 최선을 다한 나를 탓할 마음은 없다.

하지만 확실히 모든 일에는 정도가 있다.

반복성이 높은 피아노 연습을 근육 훈련에 비유하자면 순식간에 '말도 안 될 정도로 과도하게' 운동한 영역에 해당된다고 이 책은 지적한다. 피아니스트는 하나의 악구를 연습하기 위해 한 시간에 수만 번이나 같은 동작을 반복하기도 한다. 팔굽혀펴기를 한 시간에 만 번을 한다면 팔이 튼튼해지기 전에 망가지리라는 것은 바보인 나도 안다. 그러니 내 손이 아플 수밖에.

하지만 내 경우에는 피아노를 그 정도로 반복해서 치지 않으면 실력이 늘지 않는다. 그러면 어떻게 해야 할까. 일단은 잘못된 신체 사용법을 고치라고 한다. 잘못된 신체 사용이란 근육을 긴장시킨 채 연주하는 행위로, 이는 곧 근육의 통증이나 고장으로 발전한다고 한다.

결국은 긴장 자체가 문제였다.

나는 진심으로 충격을 받았다. 지금까지 연습하면서 얼마나 몸을 긴장시켰던가!

실수 없이 치려면 평상시에도 긴장감을 유지해야 한다고 생각했다. 그래서 연습 때마다 늘 몸을 잔뜩 긴장시켰으며 솔직히 나는 그런 자신을 대견하게 여겼다. 그리고 그 덕분에 그럭저럭 칠 수 있게 되었으니 성공이라고 생각했지만, 막상 선생님 앞에 서면 더욱 긴장하는 바람에 전혀 칠 수 없었다. 분한 마음에 필사적으로 생각해 낸 방안이 더한 긴장 상태에 익숙해지는 것이었다. 그래서 일부러 긴장되는 분위기를 조성하려고 피아노 옆 의자에 선생님 대신 곰 인형을 놓아두고 연습했다. 참으로 갸륵하지 않은가.

그런데 그런 게 전부 통증과 이상 증상의 원인이었다니?

놀랍기보다는 새로운 발견을 한 기분이다.

긴장한다 → 실패한다 → 실패하지 않으려고 긴장 상태로 연습한다 → 역시 실패한다 → 다음에는 절대 실패하지 않겠다며 더욱 긴장해서 연습한다⋯. 이런 무한 굴레 속에서 몸은 비명을 지르고 있었다. 나 자신이 얼마나 바보인지 분명하게 알게 되니 오히려 후련했다.

하지만 그렇다면 나는 앞으로 어떻게 연습에 임해야 하는 거지?

그에 대한 답은 실로 간결하게 쓰여 있었다.

'몸 전체를 의식하며 조화롭게 움직이는 것이 바로 피아노 연주의 질과 안정성에 영향을 미친다. 아니, 결정한다.'

지금까지 줄곧 연주의 질과 안정성은 목표를 향한 몸에 밸 만큼의 착실한 단련이 만든다고 생각했다. 그렇다. 피아노를 다시 시작한 이래 계속 어떻게 치고 싶다는 목표를 정하고 열심히 하라며 내 시원찮은 몸을 채찍질해 왔다. 그런 게 바로 연습이라고 생각했다. 하지만 그게 아니라고? '몸 전체를 의식하며 조화롭게 움직이는 것'이 뭐지? 그런 건 생각해 본 적도 없다.

대혼란 속에서도 최선을 다해 고민한 나는 결국 충격적인 결론에 이르렀다.

나는 이제껏 피아노에 임하는 기본 자세에서 근본적인 우를 범했던 건 아닐까.

열심히 음원을 들으면서 나도 이렇게 연주하고 싶다는 꿈을 꾸지만 그 꿈에는 도저히 닿지 않아 그저 비슷해지기라도 하려고 노력했다.

하지만 그것은 내 몸에 손상을 입히는 행위이기도 했다.

돌이켜보면 간신히 선망하던 〈달빛〉을 연습하며 이렇게 치고 싶다, 저렇게 치고 싶다고 강렬하게 꾼 꿈이 궤도 이탈의 단초였다. 당연하게도 그 꿈에는 절대 도달할 수 없었고, 아직 노력이 부족하다며 죽도록 연습해 봐도 하면 할수록 결과는 꿈과 멀어졌다. 머리는 이상적인 연주를 좇는데 그럴 수 없으니 몸은 점점 굳어지고 망가져서 이러지도 저러지도 못한다. 열심히 달려왔다고 생각했는데 그 끝은 도달점이 아닌 벼랑 끝이었다.

하지만 애초에 그럴 필요가 없었다면?

목표 같은 건 두지 않고 그저 자신의 몸을 세심하게 관찰하며 부담 없이, 기분 좋게 움직이는 게 좋은 연주 방법이라면? '몸 전체를 의식하며 조화로운 동작을 취하는 것이야말로 피아노 연주의 질과 안정성을 결정짓는다'라는 말의 의미는 혹시 이런 게 아닐까?

그게 사실이라면 정말 멋진 일이 아닌가!

그렇다면 최근 들어 남몰래 고민하던 '내가 피아노를 치는 의미'가 분명해지지 않을까?

지금까지는 줄곧 누군가의 멋진 연주를 목표로 삼고 목표를 향해 시원찮은 몸을 채찍질하지 않으면 안 된다고 생각했다. 그건 희망이자 절망이었다. 만약 그렇다면 분명 내 연주는 죽을 때까지 완성되지 못할 것이다. 나는 이미 젊지 않기 때문이다. 남은 시간은 제한되어 있고 분명 내 육체도 뇌도 앞으로 더욱 둔해진다.

결국은 아무리 열심히 노력한다고 해도 내 연주는 낮은 수준에서 한계점에 이르고, 이후로는 점점 하향 곡선을 그릴 것이다. 그렇다면 나는 왜 피아노를 칠까. 갈수록 형편없는 〈달빛〉을 끊임없이 연주하는 의미가 정말로 있을까. 물론 직접 연주하는 즐거움은 충분하지만 그러면서도 한편으로는 칠 때마다 우울해졌다. 피아노를 치는 동안 나는 즐겁기도 하지만 동시에 비참하기도 하고 절망적이기도 하다. 이 모순을 느끼지 않는 날이 없었다.

그런데 만약 그런 식으로 나를 부정하지 않아도 된다면 어떨까. 그저 '몸 전체를 의식하며 조화롭게 움직이는 것이 피아노 연주의 질과 안전성을 결정짓는다'라고 한다면?

그 말은 내가 내 몸을 제대로 사용할 수 있게 되면, 그러니까 내 몸을 부정하지 않고, 제대로 응시하고, 인정하고, 위로하고, 확실하게 해방시켜 주면 바로 거기에 내 연주의 결승점이 있다는 뜻이다. 누군가를 흉내 내거나 목표로 할 필요는 없다는 뜻이다.

힘을 빼는 여정

이렇게 해서 어두운 숲속에서 길을 잃고 방황하며 절망하던 때가 있었지만 이를 악물고 버티며 길을 찾아 헤맨 결과, 마침내 하늘에서 내려온 선명한 빛을 찾아냈다… 라고 말하고 싶지만 물론 그리 간단하지 않았다.

내가 찾아낸 새로운 길은 불필요한 힘을 뺀 채 긴장하지 않고 연주하는 것, 바꿔 말하면 편하게 친다는 뜻이다. 그러나 그렇게 하려면 뜻대로 되지 않는 인생을 살며 오랫동안 몸에 밴, 무슨 일이든 사력을 다해 해결하려는 우악스러운 버릇을 전부 고쳐야 한다. 그래도 이건 그냥 몸의 힘을 빼면 되는 일이다. 무리하지 않고 있는 그대로의 자신을 인정해 주면 된다. 게다가 그렇게 하기만 한다면 피아노 실력이 향상된다.

이보다 달콤한 말이 있을까.

허나 그런 생각을 했던 나는 완전히 바보 멍청이였다.

힘을 빼는 것이 얼마나 어렵고 또 어려운 일이던지. 힘을 주는 것보다 수십 배는 어려운 세계였다.

그즈음 내가 새롭게 시작한 곡은 그리그 $^{\text{Edvard Hagerup Grieg}}$의 녹턴. 깊은 숲속에서 햇살을 받으며 심호흡을 하는 듯한 이 느긋한 곡이야말로 나의 새로운 시작에 안성맞춤일 줄 알았다. 잘 풀리지 않으면 먼저 따뜻한 마음으로 젊지 않은 나의 몸을 구석구석 바라봐 준다. '아줌마, 어디 아픈 데는 없어?' 하고 묻듯. 무리가 가는 곳은 없는지, 불필요한 힘을 주고 있지는 않은지 오른손, 왼손, 목, 어깨, 다리 등을 관찰한다. 느긋한 곡에 어울리는 정말로 느긋한 연습 태도다.

이렇게 말로 하면 간단해 보이지만, 실제로는 그리 간단하지 않다.

무엇보다 애초에 힘을 전부 빼면 피아노를 칠 수 없다. 드러누워서 쿨쿨 자면서 화려한 연주가 가능할 리 없다. 결국 힘을 뺀다는 말은 최소한의 힘을 준다는 말과 같다. 힘을 빼라는 것인지 주라는 것인지 확실히 해 달라고! 하는 외침이 저절로 나오지 않겠는가. 결국은 힘을 뺀다는 것이 무엇인지 아는 데서부터 시작해야 한다.

그래서 더욱 다양한 책을 읽고 인터넷 정보를 모으며 내가 간신히 떠올린 이미지는 '채찍'이다. 채찍은 그 기다란 몸체의 어디를 잡아도 아무런 저항 없이 흔들리기 때문에 아주 작은 움직임으로도 사람이 비명을 지르게 만들 만큼 강한 힘을 만들어 내는 것 아닐까. 나도 채찍 같아야 한다. 온몸 구석구석에 아무런 힘도 주지 않는 상태가 되어야 비로소 최소한의 힘으로 편안하게 피아노를 칠 수 있다. 아니, 그게 그리 간단하겠는가!

무엇보다 새삼 나를 찬찬히 관찰해 보니, 애초에 나는 온몸에 힘을 빼기는커녕 죽기 살기로 힘을 주었다. 최대한 힘을 뺐다고 생각했는데 어느새 실제로 힘을 뺀 건 메인 멜로디를 치는 오른손뿐, 반주하는 왼손은 있는 힘껏 힘을 주고 있다. 때로는 목덜미가 강철처럼 굳어 있고, 때로는 다리 근육이 팽팽하게 긴장되어 있다. 그런데 사실은 대부분의 경우 모든 게 동시에 일어난다. 나는 언제든 온몸으로 전력을 다하고 있었다. 필사적이라 가엾을 정도다.

그래서 하나하나 가시를 뽑아내듯 그 여분의 힘을 빼 나가야 하는데 정말 두려운 과정이다. 만만치 않은 용기가 필요하다. 솔직히 말해서 나는 아주 조금도 힘을 빼고 싶지 않다.

나라고 딱히 좋아서 힘을 주는 건 아니다. 힘을 주지 않으면 피아노를 칠 수 없어서다. 일단 틀리고 싶지 않으니까. 허영심이니 완벽주의니 하는 이야기가 아니라, 곡다운 곡으로 들리게 하려면 적어도 성공률이 80퍼센트는 되어야 한다. 성공률 80퍼센트의 연주도 솔직히 들어 주기 힘든 수준이다. 하지만 연주하는 사람에게는 천문학적인 숫자로 느껴질 만큼 힘든 일이다. 간신히 하나의 음을 정확하게 쳤다고 해도 안심하고 있을 여유 따위는 한순간도 없다. 계속해서 빠른 속도로 함정이 등장한다. 피아노 연주란 끝이 없는 지뢰밭이다. 그 지뢰밭을 어떻게 해서든 마지막까지 통과하지 않으면 안 된다. 그러니 대체 어떻게 침착할 수 있겠는가.

그뿐만이 아니다. 누군가의 화려한 연주를 흉내 내지 않더라도 역시 '이렇게 치고 싶다'라는 생각은 많든 적든 자신에게 있다. 이 부분은 멋지고 웅장하게 소리를 내고 싶다거나, 이 부분은 경쾌하게 춤추듯 치고 싶다거나. 그리고 새삼 나 자신을 관찰해 보니 그런 식으로 표현하고 싶은 이미지가 있는 부분에서는 반드시 온몸에 힘이 들어갔다. 그렇다면 힘을 뺀다는 건 그런 의욕을 전면적으로 거두어야 한다는 뜻일까? 그래도 될까? 곡에 대한 이미지를 그리는 건 결국 자기표현이다. 피아노를 치는 의미 그 자체라고 해도 좋다. 그런데 그 일을 그만두라니, 없애라니.

정리하자면, 힘을 뺀다는 것은 연주라고 할 수 없을 정도로 실수투성이가 돼도 신경 쓰지 않겠다고 하는, 태도를 바꾸는 결단이자, 어떻게 치고 싶다는 의욕도 정열도 버리는 용기다.

그렇다면 수면 상태와 크게 다를 바 없지 않을까 싶었지만, 결론부터 말하면 나는 용기를 쥐어짜서 이 어려운 길을 나아가기로 했다. 그렇게 할 수밖에 없었다. 아무리 건망증이 심한 나라도 바로 몇 주 전에 피아노를 그만둬야 할지도 모를 상황에 처했고, 그래도 할 수 있는 시도를 다 해 보자고 비장하게 결심했던 일은 잊지 않았다. 그리고 해냈다. 열심히 했다. 아니, 열심히 하면 힘이 들어가 버린다. 윽, 까다롭다. 하지만 여하튼 떠오르는 대로 해 보았다.

먼저 연습을 시작할 때 손의 무게를 그대로 실어 건반에 손을 던졌다. 쿠웅하고 엄청난 소리가 울린다. 소리에 놀라기는 했지만 힘 빼기는 완벽했다. 일단 이걸로 만족. 하지만 문제는 이것을 어떻게 곡으로 만들까 하는 점이다. 그래서 '이런 선율을 칠 수 있게 되면 좋겠다' 정도의 바람을 마음에 품고 '무심하게' 손을 이동… 했더니 농담 같지만 정말로 쳐지는 것이 아닌가! 하지만 해냈다고 생각한 순간부터 욕심이 생겨서 순식간에 힘이 들어가기 시작했다. 안 돼, 안 돼. 그 마음을 버리려 애쓴다. 당연히 엉망이 된다. 이것도 안 돼. 결국은 엉망이 되는 걸 두려워하지 말아야 하지만 엉망이 되지 않게 치는 걸 목표로 한다. 완전히 검술 수련이나 다름없다. 자신의 몸을 버려야 비로소 활로가 열린다고, 그렇게 믿는 수밖에 없다. 나는 미야모토 무사시^{宮本武藏}◆인가? 루크 스카이 워커 Luke Skywalker ◆◆인가?

남몰래 그런 수련을 쌓던 어느 날, 놀라운 일이 일어났다.

헬렌 켈러의 깨달음

그리그의 녹턴. 정말 느긋하고 간결한 아름다움. 사실 이런 곡이 가장 까다롭다. 무심코 '느긋&간결 = 간단'이라는 발상에 사로잡혀 '이렇게 해야지, 저렇게 해야지' 하는 사념에 빠지게 되고, 힘을 빼기는커녕 가장 먼 곳으로 가 버린다.

하지만 여기서 포기할 수는 없다.

힘을 빼고 마음을 비우려고 팔을 털고, 골반을 흔들고, 나아가서는 고개를 내둘러 뇌수까지 흔들어 놓은 후 '생각하지

◆　1582~1645 에도 시대의 전설적인 검객.
◆◆「스타워즈」의 등장인물로 성장형 영웅 캐릭터.

마! 느껴!'라고 어디선가 들은 대사를 중얼거린다. 정말이지 이런 과정이 몹시 피곤하다. 힘을 빼다가 지친다니 정말로 이상한 일 아닌가. 심지어 마음마저 지친다. 힘을 빼고 피아노를 치는 일이 정말로 가능할까 하는 의심이 자꾸 머리를 들면서 점점 정체 상태에 빠지고 갈수록 집중력을 잃는다.

한숨을 깊이 내쉬다가 결국 현실로부터 잠시 도피하기 위해 몇 달 전에 고생고생하며 연습했던 〈달빛〉의 아르페지오를 가볍게 연주해 본다.

응? 뭐지? 방금 그건?

그것은 듣도 보도 못한 음과 리듬이었다. 뜻밖의 것이 내속 어딘가에서 홀연히 미끄러져 나온 느낌. 나도 모르게 흠칫한다.

틀림없다. 지금 연주하고 있는 사람은 틀림없는 나다. 나자신이다.

하지만 지금까지의 나와는 다른 나였다. 아무런 힘도 주지 않고 어떤 의도도 없이 그저 편안하게 느긋하게 몸을 움직이는 나였다.

혹시 이런 것이었나? 힘을 빼고 친다는 것이. 긴장하지 않고 친다는 것이. 몸이 시키는 대로 친다는 것이. 계속해서 이제까지 연습했던 곡 중에서 몇몇 악구를 충동적으로 쳐 보았다. 마치 물의 의미를 깨달은 헬렌 켈러처럼.

정말로 놀라운 체험이었다.

역시 이 곡을 쳐 보아도, 저 곡을 쳐 보아도 생각지 못한 음과 리듬이 나왔다.

바로 나로부터!

실제로 나오기까지 무엇이 나올지 알 수 없다. 아니, 그 여부조차 알 수 없다. 그런데 지금 분명히 나로부터 음악이 흘러나오고 있었다!

돌이켜보니 이전에도 이런 일이 있었다. 처음에 연습한 〈반짝반짝 작은 별〉로 팔에 통증이 왔고 어쩔 수 없이 황당하리만치 느리게 쳐야 했을 때. 그리고 〈비창〉 2악장을 글렌 굴드식으로 쳤다가 선생님께 지적을 받고 충실하게 악보의 지시를 따라 머리를 비우고 연습했을 때. 마치 하늘에서 내려온 듯 어딘가에서 음악이 나타났었다. 하지만 당시에는 어떻게 그런 일이 일어났는지 몰라서, 그냥 최선을 다해 노력하면 신께서 그런 포상을 내려주신다고 생각했다.

하지만 지금 생각해 보니 단지 누군가가 내린 포상이 아니었다.

그건 내 내면 어딘가에 묻혀 있던 음악이다. 머리를 비우고 무심의 상태가 되어 남은 힘마저 뺐을 때 홀연히 나타난다. 남은 힘이란 이렇게 해야지 저렇게 해야지 하는 근성이다. 지금의 나는 부족하니 좀 더 열심히 해야 한다는 다급한 결의다. 이제껏 그런 근성이 없으면 아무것도 이룰 수 없다고 믿으며 살아왔는데, 근성을 걷어내자 마치 막힌 수도관이 뚫리듯 날것의 내가 밖으로 나온 것이다.

버리고 버리기

그리고 그 날것의 내가 아름답다는 데에 놀랐다.

53년이나 살았으면서 나에게 그런 면이 있다는 사실을 전혀 몰랐다. 아니, 날것의 나라면 아름다울 리 없다고 생각했다. 하지만 그 날것이 위대한 작곡가가 쓴, 신의 작품과 같은 선율이라는 기적의 필터를 통해 나온 순간, 마치 좋은 스승의 가르침을 받은 제자처럼 아름답게 표출된 것이다.

그렇다면 이것은 분명 나만의 일이 아닐 것이다. 이 세상에서 나 혼자 특별할 리가 없지 않은가. 세상에 존재하는 모든 사람은 그 속에 속절없는 아름다움을 품고 있는 게 아닐까.

정말로 대단한 일이지 않은가.

나는 줄곧 무슨 일이든 목표를 정하고 그 목표를 향해 매진하면 대단한 걸 손에 넣을 수 있다고 생각해 왔다. 하지만 아니었다. 정말로 대단한 건 그런 행위와는 상관없이 그곳에 있었다. 이런 모습이고 싶다, 이래야 한다는 에고^{ego}를 버리니 잠들어 있던 광맥을 발견할 수 있었다. 에고를 버린다는 것은 무언가를 믿는 것이다. 나를 믿는다. 곡을 믿는다. 그것은 자연과 역사를 신뢰한다는 뜻이다. 그 거대한 존재와 나는 이어져 있다. 그렇게 믿고 자신의 하찮음과 위대함을 동시에 인정하는 용감한 태도. 그것이 자신만의 연주가 아닐까.

엄청난 깨달음을 얻은 듯한데, 막상 실천하려면 민만치 않은 일이다.

일단 이렇게 '바로 이거야' 하는 연주법을 체득했다고 생각한 순간부터 '그렇게 쳐야만 한다'라는 욕심으로 바뀐다. 그러면 곧바로 힘이 들어가 버린다.

그 증거로 이 대단한 경지에 이르렀다고 말하자마자 다시 손의 통증이 시작됐다. 원인은 부끄러울 정도로 분명했다. 어느 여행지에서 우연히 그랜드피아노를 칠 기회가 있었는데 그때 스스로 제법 잘 쳤다고 생각했고 대단하다는 칭찬을 받아 우쭐해졌다. 그 길로 다시 나락에 빠졌다.

피아노는 실로 영원한 수행이다.

꽤 실력이 늘었다거나 이 정도면 다음 레슨에서는 잘 칠 수 있겠다며 교만하면 전부 남은 힘으로 이어진다. 잘 치고 싶다는 마음 자체가 적이다. 그러면 대체 무엇을 위해 연습하라는 말인가. 잘 치고 싶어서 하는 연습이 아니던가. 그게 아니면 뭐 하러 연습을 하겠나 싶지만 그렇게 생각해서는 안 된다. 아, 대체 어떻게 하면 좋을까.

나아갈 길이 있다는 행복

이렇게 해서 오늘도 끝나지 않는 수행에 매진 중이다. 구호 하나에 '힘을 빼자', 둘에 '힘을 빼자', 셋, 넷은 건너뛰고 다섯에도 '힘을 빼자!' 으악, 어렵다! 아무리 구호를 외쳐도 어느새 틀림없이 힘이 들어간다. 나 자신을 믿지 못하게 된다. 일단은 아무리 복잡하고 빠르고 까다로운 곡이라도 완전히 힘을 빼고 치는 방법이 반드시 있다고 믿어야 한다. 그러나 전혀 믿지 못하는 게 현실이다.

하지만 아무리 힘들어도 나아갈 수 있는 길이 있다는 행복한 사실을 떠올리면 아무것도 아니다. 바로 얼마 전까지만 해도 육체적 한계라는 어쩔 수 없는 현실에 직면해서 깊이 절망하지 않았던가.

게다가 힘을 빼는 게 목표라니 거의 혁명이 아닌가. 힘을 주는 게 목표라면 아무리 해도 젊은 육체나 체력이 우세할 수밖에 없다. 하지만 힘을 빼는 거라면 다르다! 이론적으로는 죽음을 앞에 둔 노인이라도 가능성은 무한대. 진정한 발상의 전환이다. 혁신이다.

여지껏 이러니저러니 하면서도 룰루랄라 즐거운 마음으로 피아노를 마주했지만, 인생이란 실로 무섭다. 말 그대로 갈수록 태산. 잔혹한 신은 즉각 다음 한 수를 놓았다.

힘을 빼는 것만으로는 도저히 해결되지 않는 문제가 곧이어 나타났다.

녹턴을 치던 중, 아무리 힘을 빼고 아무리 템포를 궁리해봐도 가장 멋진 절정 부분에서 핵심인 오른 손가락이 전혀 움직이지 않았다.

의자를 당겨 앉기도 하고, 빼서 앉기도 하고, 앉았다가 일어섰다가 하면서 팔 전체의 움직임을 이리저리 바꾸기도 했지만 실패였다. 어쩔 수 없이 스타카토로 얼버무리려고 했더니 요네즈 선생님이 곧바로 지적했다.

"그 부분은 원래대로 쳐도 괜찮지 않나요?"

"저도 그러고 싶지만 손가락이 움직이지 않아서…"라고 솔직하게 고백했다.

그러자 "그래요? 손가락 분리가 되지 않아서 그럴 거예요"라고 선생님이 한마디를 던졌다.

손가락 분리…?

난생처음 듣는 말이었다.

당황하는 내게 선생님은 단순한 손가락 운동을 가르쳐 주었다. 양손의 한 손가락을 건반에 고정한 채 남은 네 손가락 중 두 개씩 교대로 움직이는 것이다.

예컨대 엄지를 고정했을 경우, 검지와 중지, 약지와 새끼손가락을 각각 한 세트로 해서 하나둘, 하나둘 하며 교대로 건반을 누르면 된다. 고정하는 손가락과 각 세트를 조합하면 $5 \times 3 = 15$의 패턴이 된다. 그 패턴을 전부 자연스럽게 움직일 수 있을까?

아무렇지 않은 표정으로 너무 쉽게 패턴을 바꾸며 척척 손가락을 움직이는 선생님을 보니 그리 어려워 보이지는 않는다. "자, 해 보세요"라는 선생님의 말에 내가 따라 해 보지만, 열다섯 가지 패턴은커녕 단 한 가지 패턴도 신기할 만큼 움직이지 않는다.

내 손가락인데도 전혀 내 손가락이 아닌 듯하다. 특히 약지 언저리! 단순한 동작의 반복인데도 손가락이 뒤엉켜 한심하다기보다는 부끄러운 수준이다. 슬슬 짜증이 치밀었다.

이 모양이니 칠 수 없는 게 당연했다. 손가락 분리가 안 되는 데에도 정도가 있다. 절체절명의 궁지에서 간신히 벗어났다고 생각했는데 벌써 다음 난제의 출현이란 말인가. 아, 이 나이에 피아노는 무슨. 손가락이 움직일 리 없지. 그렇게 속으로 발끈하고 있는데 긍정의 아이콘 요네즈 선생님은 "속는 셈 치고 매일 연습해 보세요. 분명 움직이게 될 겁니다" 하고 시원스럽게 말씀하신다.

정말? 그렇다면 완전 희소식이잖아! 그렇게 잠시 희망에 들떴다.

하지만 나는 이내 고개를 쭉 숙이고 밀았다. 움직이지 않는 손가락을 억지로 움직이는 게 과연 옳은 일일까. 바로 얼마 전에 손의 통증으로 실의에 빠진 후 앞으로는 몸이 시키는 대로 치겠다고 맹세했다. 움직이지 않는 손가락을 억지로 움직이는 훈련은 그 맹세를 정면으로 거스르는 일이다. 선생님은 젊으니까 그럴 걱정은 없겠지만, 내가 다시 내 몸을 상하게 한다면 본전도 못 찾게 된다.

노화한 건 뇌였을까

하지만 다른 누구도 아닌 친애하는 선생님의 말씀이다. 말 그대로 속는 셈 치고 집에 돌아와 밥상 위에 양손을 올린 후 배운 순서대로 손가락을 삐걱삐걱 움직여 보았다. 하지만 시간만 빠르게 흘렀고 아무리 해도 기가 막힐 정도로 발전이 없다. 속은 셈이 아니라 진짜 속은 게 아닐까 하는 불신감을 품기 직전, 나는 갑자기 어떤 생각이 퍼뜩 떠올랐다.

손가락 운동은 어쩌면 '몸(근육)의 훈련'이 아니라 '머리(뇌)의 훈련'이 아닐까?

손가락이 움직이지 않을 때의 느낌은 근육의 문제보다는 뇌의 지령이 손가락에 전혀 닿지 않는 느낌이다. 머리로는 약지를 움직여야지 하는데도 그녀(약지)는 전혀 엉뚱한 방향을 향한다. 지령을 무시한다기보다는 지령을 받은 사실을 깨닫지 못하는 느낌. 한편 명령하고 있는 자신(뇌)도 꿈쩍도 하지 않는 30센티미터 앞의 손가락을 보면서 약지는 대체 어디를 어떻게 해야 움직여 줄는지 전혀 짐작도 하지 못하는 실로 이상한 상황에 빠졌다.

이는 혹시 뇌에서 손가락으로 이어지는 의식 회로가 막혀 있기 때문은 아닐까? 확실히 수십 년 동안 약지를 의식하지 않고 살아왔다. 그저 막연하게 거기에 있다는 인식밖에 하지 않았다. 그런데 지금 와서 갑자기 약지를 주목하며 '움직여!'라고 명령해 봐야 이미 그녀와의 커뮤니케이션 기능은 완전히 녹슬어 버렸을 것이다.

그렇다는 것은.

손가락 분리란 뇌에 쓴 녹을 제거하는 청소가 아닐까. 예컨대 막혔던 수도관에 물을 흘려보내서 조금씩 녹을 제거해서 물이 원활하게 흐를 수 있도록 하는 과정이 아닐까. 그런 생각을 하다가 나는 깜짝 놀랐다.

손에 통증이 생긴 이후로 나는 몸에만 신경을 썼다. 노화한 몸이 피아노 연습을 어디까지 견딜 수 있을지가 주 관심사였다. 그런데 사실은 생각대로 움직여 주지 않는 것은 몸뿐만이 아니었다. 뇌 역시도 움직이지 않았다.

지금껏 한 번도 생각해 보지 않은 접근이었다.

아니, 잠깐만. 그런 시각에서 돌이켜보니 짚이는 부분이 한두 군데가 아니지 않은가!

피아노를 다시 시작한 지 이래저래 1년이 지났고 열심히 노력한 보람이 있어서 어린 시절보다 훨씬 잘 치게 되었다고 남몰래 자부하고 있었다. 그러나 한편으로는 아무래도 어렸을 때와는 무언가가 다르다는 사실도 깨달았다.

그리고 그 모든 문제가 뇌에서 비롯된 듯한 생각이 들었다.

악보를 못 읽는 슬픈 이유

뇌의 노화를 가장 크게 통감하는 부분은 악보 읽기다. 지금도 여전히 익숙해지지 않는다.

아니, 조금은 익숙해졌다. 처음에 연습했던 신곡(쇼팽)에서는 거듭되는 실패에 고통스러웠다. 특히 낮은음자리표의 악보를 읽는 법이 전혀 기억나지 않아서 어쩔 수 없이 악보에 '시', '라♭' 등 계이름을 빨간 펜으로 적어야만 했다. 충격이었지만 그 뒤로 계속해서 새로운 곡에 도전하는 동안 아무것도 적어 넣지 않고도 칠 수 있게 되었다. 그래, 이대로만 가자!

하지만 그다음이 문제였다.

악보를 읽는 속도가 전혀 나아지지 않았다.

정확하게 말하면 음표가 가리키는 음을 읽는 데까지는 간신히 된다. 하지만 읽은 음이 머릿속에서 소리로 이어지지 않는다. 실제로 건반을 눌러 보지 않고서는 전혀 느낌이 오지 않는다. 그래서 악보와 눈싸움을 해 가며 한 음씩 더듬더듬 건반을 누르고, 간신히 이어진 음들이 멜로디가 되기까지 피나는 연습을 반복하고, 기절하기 전에 어떻게든 손가락이 외워 주기를 기다리는, 한없이 비효율적이고 원시적인 악보 읽기에서 전혀 탈출하지 못하고 있었다. 탈출할 듯한 조짐조차 없다.

문득 생각해 보니 이런 지루한 고생은 처음이었다. 어릴 적에는 대체 어떻게 악보를 읽었는지 기억을 떠올리다가 깜짝 놀랐다. 그땐 악보를 읽기도 전에 거의 귀로 모든 곡을 외웠다. 그다음은 외운 곡을 그대로 연주할 뿐이었다. 그래서 악보는 거의 필요 없었다.

그때는 그게 자연스러워 악보를 볼 필요가 없다는 게 어떤 의미인지 생각할 이유도 없었지만, 지금 생각해 보면 몇 단계의 '기적'을 거치지 않으면 불가능한 일이었다.

그 기적이란 이런 것이다.

먼저 레코드로 음악을 듣는다. 그러면 머릿속에서 곡이 음표로 자동 전환된다. 그리고 그 음표가 머릿속에서 곧바로 손가락 동작으로 전환된다.

듣는다 → 음표 → 손가락

이 3단계의 과정을 거의 순간적으로, 그러니까 곡을 듣는 동시에 해냈었다.

하지만 지금은 어떠한가.

듣는다 → …(조용)…

물론 들으면서 좋은 곡이라는 생각은 한다. 여러 차례 듣다 보면 콧노래로 멜로디를 따라 부르는 것까지는 가능하다.

그런데 그다음이 없다. 멜로디가 음표로 전환되지 않는다. 예컨대 '도도솔솔라라솔'로 들리지 않는다는 말이다.

슬픈 청력

그래서 어쩔 수 없이 악보에 의지하는데 악보를 읽어도 음으로 이어지지 않는 현상은 앞에서 언급한 대로다. 악보를 보고 나면 실제로 손가락으로 건반을 눌러서 귀로 듣고는 그 제야 '아, 이 멜로디!' 하고 음원으로 들었던 곡과 매치할 수 있게 된다. 그리고 몸의 동작 하나하나를 전부 외워야만 비로소 연주라는 지점에 도달할 수 있다. 지금의 나는 말이다.

곡을 들음과 동시에 이 과정을 단번에 해낸 초등학생 때를 생각하면, 지금의 내가 보기엔 천재인데, 그 재능을 제대로 살려 보지도 못한 채 세월과 함께 완전히 잃어버렸다.

그리고 나중에야 깨달았는데 청력도 많이 나빠졌다.

특히 메인 멜로디 이외의 음에서 심각한 수준을 보였다. 화음이나 왼손의 소리는 전혀 들리지 않는다. 몸의 기억을 따라 그럭저럭 치고 있지만 실제로는 습관적으로 건반을 누르고 있을 뿐이다. 건반을 잘못 눌러도 깨닫지 못한다는 게 그 증거다. 선생님이 지적해 주었지만 영문을 모르는 경우가 여러 번 있었다. 들리지 않는다는 건 인식하지 못한다는 의미다. 뇌가 작동하지 않는 걸 보니 역시 뇌는 쇠약해지고 있다.

지금까지 줄곧 손이 안 움직이고 몸이 말을 듣지 않는다는 사실에만 정신을 빼앗겼는데 뇌 또한 움직이지 않고 있었다. 아니, 오히려 뇌가 더 문제였고 몸이 뇌를 보완해 주고 있었다. 무한 연습을 통해 몸이 기억한 덕분에 간신히 연주할 수

있었다. 그러니까, 사실은 몸의 도움을 받고 있었는데도 몸
탓만 해온 것이다. 내 몸에게는 미안할 따름이다.

내 것인 듯 내 것 아닌

이쯤 되자 충격이나 놀라움보다는 오히려 납득하게 되었다.

최근 들어 업무에서도 사람들과의 대화 중에도 머릿속에
안개가 낀 것처럼 단어가 잘 떠오르지 않았다는 사실을 자각
하고는 있었다. 말하자면 머릿속이 흐려지는 중이다. 이미
그런 내리막길의 나이에 들어섰음을 절실하게 느끼고 있다.
그리고 피아노를 마주하면서 그 사실은 뚜렷하고 분명하게
내 눈앞에 다가왔다.

내 뇌의 어느 부분은 확실하게 노화했고 그 기능도 거의
정지 상태다. 병원 검사를 받지 않아도 충분히 알 수 있다. 그
부분을 단련한다고 해서 원래 상태로 되돌릴 수는 없다. 어쨌
든 피아노를 재개한 지 약 1년. 몸이 아플수록 연습을 더 했
지만 뇌의 움직임이 되살아나는 기색은 전혀 없었다.

그러한 관점에서, 내가 선생님 앞에서 연주할 때 지나치게
긴장하고 또 그 습관이 전혀 개선되지 않는 이유도 알 것 같
다. 긴장하는 이유는 아무리 연습해도 자신이 없기 때문이
다. 그동안은 어쩔 수 없는 어른들의 허영심 탓이라고 치부

했다.

하지만 아무래도 그건 아닌 듯하다.

아무리 연습을 하고 아무리 시간이 흘러도 피아노를 치는 손가락이 내 것이 아닌, 1억 광년 만큼 멀리 떨어져 있는 누군가의 것처럼 느껴진다. 어릴 적, 내 손가락은 분명히 내 것이었지만 이제는 전혀 내 것 같지 않다. 편안한 상태에서 연습할 때는 그럭저럭 칠 수 있다. 하지만 긴장해서 몸이 굳어 버리면 그걸로 끝이다. 죽마 위에 선 채 아주 멀리서 막대기로 피아노를 치고 있는 것처럼 어떤 감각도 느껴지지 않는다. 그러다 보면 긴장해서 엉뚱한 음을 누르고, 다시 더 긴장하는 무간지옥에 빠진다.

그렇다. 결국 뇌가 굳었다는 의미다. 뇌의 지령이 손가락에 전달되는 감각이 느껴지지 않아서 손가락이 먼 곳에 있는 것처럼 느껴진다. 연습할 때는 농땡이 중인 뇌의 역할을 몸이 커버해서 어떻게든 칠 수 있다. 뇌의 기억이 아닌 몸의 기억으로 연주하는 셈이다. 그런데 의지해야 할 몸이 긴장으로 굳어 버리면 그야말로 아무것도 할 수 없게 된다.

뇌와 피아노의 냉정한 관계

그래서 나는 뇌와 피아노의 관계에 흥미를 가질 수밖에 없었고, 이 분야의 최첨단 연구 성과가 담긴 책을 읽기로 했다.

역시. 책에는 피아노를 치는 행위가 뇌의 활동 그 자체라고 쓰여 있었다. 피아니스트의 뇌는 한 곡에 음표가 수만 개 나오는 악보를 본 순간, 곧바로 음표를 손가락의 움직임으로 변환한다. 피아니스트는 순식간에 뇌의 다양한 회로가 반짝거리며 이어지는, 차원이 다른 고성능의 뇌를 가졌다. 그러한 뇌는 어린 나이 때의 단련으로 형성된다고 한다. 물론 성인이 된 후의 단련이 전혀 효과가 없는 건 아니지만, 여기에는 적지 않은 한계가 있다는 사실도 냉정하게 언급하고 있다.

이 사실이 무엇을 의미할까.

나이가 들어서 시작하는 피아노, 또는 나처럼 기나긴 공백기를 거친 뒤 나이가 들어서 다시 시작하는 피아노에는 불리한 조건이 많다는 뜻이다. 우리가 아무리 시간을 들여 열심히 연습해도 어릴 적부터 해 온 사람처럼 칠 수는 없다. 실제로, 40년 만에 피아노 연습을 다시 시작했다고 하면 많은 사람이 '나도 하고 싶기는 한데 이 나이에 손가락이 움직일까?' 하고 묻는다. 나는 '움직이고말고, 전혀 문제없어'라고 대답해 왔지만, 실은 정확한 대답이 아니었다.

노력하면 그럭저럭 움직이기는 한다. 내 손가락 역시 나름 움직일 수 있게 되었다. 하지만 자유자재로 움직이게 되었냐고 묻는다면 그리 간단하지 않다. 머니퓰레이터*가 1미터 앞에 있는 리본으로 나비매듭을 묶는 듯한 감각에서 벗어나, 언젠가는 피아노가 마치 자신의 신체 일부가 된 것처럼 칠수 있는 날이 올지도 모른다고 줄곧 꿈꿔왔지만, 그런 날은 아마도 오지 않을 것이다.

역시 그렇구나.

내심 그렇게 생각해 왔으니 이제 와서 놀랄 일도 아니다. 여하튼 내 인생은 이미 후반전에 돌입했으니 앞으로는 아무리 노력해도 할 수 없는 일이 산더미처럼 쌓일 터다. 나는 앞으로 총리대신이 될 수도 없을 테고 일류 여배우나 가수가될 리도 없다. 아이를 낳을 일도 없을 것이며 영어를 유창하게 할 수도 없다. 그 목록에 피아노가 하나 더해졌을 뿐이다.

인생은 단순하게 흘러가지 않는다. 피아노를 다시 시작하면서 나는 이렇게 썼었다. 노력만 하면 어떤 곡이든 분명 칠수 있게 될 거라고. 어렸을 때는 노력하지 않아서 이룰 수 없었지만 어른인 지금은 노력할 수 있다, 그러니까 분명 무슨 곡이든 칠 수 있다고. 그뿐인가, 피아노는 뇌의 노화 방지에도 효과가 있다고도 썼다.

◆ 인간의 팔과 유사한 동작을 하는 로봇 기구.

하지만 현실은 그렇지 않았다. 노력만으로는 어쩔 수 없는 일이 있다. 더구나 주요 원인은 뇌의 노화였다. 뇌를 단련할 생각이었는데 뇌의 노화는 손쓸 수 없다는 사실을 깨닫는 처지가 된 것이다.

해야 할 일은 아직 많다

하지만 이번에는 절망하지 않았다.

요네즈 선생님 덕분이었다. "이제 와서 피아노를 치는 의미가 정말로 있을까요?"라고 무심코 푸념을 했는데 선생님은 내 푸념에 코웃음을 쳤다. "무슨 소립니까. 아직 하지 않은 일도 해야 할 일도 얼마든지 있는데요!"라고. 그야 선생님은 젊고 앞으로도 계속 성장할 테니 그렇게 생각할지도 모르지만, 나이가 든다는 것은 그런 것이 아니랍니다, 노력으로는 어쩔 수 없는 일이 있는 법입니다! 그렇게 반론하려는데 그때 선생님이 "예컨대 손가락 분리도 그렇고…"라고 말하는 바람에 나는 입을 꾹 다물 수밖에 없었다.

그간 나는 손가락 분리 연습을 전혀 하지 않고 있었다. 도무지 진전이 없자 이런저런 핑계를 대며 미루다가 일주일도 지나지 않아 완전히 놓아 버렸다. 선생님 말씀은 불평을 늘어놓기 전에 먼저 할 일을 하라는 뜻이리라. 이렇게 해서 나는 그 지루하기 짝이 없는 손가락 분리 연습을 다시 시작했다.

그런데 역시 세상일은 해 보지 않고서는 모른다.

손가락 연습을 계속했더니 확실히 선생님 말씀대로, 정말로 정말로 진짜 정말로 더디기는 해도 진전이 있었다. 어제는 한 번밖에 못 했는데 오늘은 한 번 하고도 십분의 일만큼을 더 했다거나. 성공했다고 생각한 순간 신나서 힘을 주는 바람에 곧바로 손가락이 엉켜 버리기는 했지만 그래도 어제보다는 아주아주 조금 나아졌다. 발전 속도가 너무 더딘 걸 보면 끊어진 뇌의 회로는 더 이상 어쩔 수 없는 상태라서 우회로로 힘겹게 이어지고 있는 듯하지만, 그래도 역시 기쁘다.

내게는 분명히 아직 하지 않은 일, 해야 할 일이 많이 있다.

그렇게 깨달은 순간 명확한 이미지 하나가 떠올랐다.

멋진 할머니가 될거야

인간이 평생 뇌의 기능 대부분을 사용하지 못하고 죽는다는 것은 잘 알려진 사실이다. 그렇다면 노화는 피할 수 없다고 해도 성장은 가능하지 않을까. 편견에 얽매이기보다 희망을 품고 날마다 착실하게 노력하면 아무리 나이가 들어도 몸도 마음도 분명히 성장하지 않을까. 비록 그 속도가 아무리 더디더라도. 그리고 노쇠한 회로가 있다면 다른 회로를 활성화하면 되지 않는가.

실제로 손가락이 조금씩 움직이자 그러한 생각이 현실감 있게 다가왔다. 나의 뇌 속 시냅스가 비틀비틀하면서도 그 귀여운 손가락을 뻗어 이웃한 시냅스와 연결되는 영상이 내 머릿속을 스친다. 그렇다. 아주 조금씩이지만 나의 뇌는 분명 전진하고 있다. 나는 '힘내, 힘내' 하고 응원하게 된다. 매일 손가락 분리 훈련을 하면서 그러한 진전이 손에 잡힐 듯 느껴진다. 이보다 즐거운 일이 또 있을까.

그렇다. 내게는 아직 해 보지 않은 일, 해야 하는 일이 많다. 힘을 빼고 치는 연주법이나 사용하지 않은 뇌를 개발하는 일 등등. 노쇠했음을 받아들이면서도 아직 사용하지 않은 나의 가능성을 끈기 있게 발굴하는 일에는 그 속도가 아무리 느리더라도 얼마든지 도전할 수 있다. 그 연습이 노후를 살아내는 레슨이 아닐까. 중요한 것은 결과가 아니다. 자신을 끝까지 사용하며 살다가 죽는 것. 그걸로 충분하다. 그 사실을 피아노가 가르쳐 주고 있다.

어디선가 읽은 바에 따르면, 피아노를 치는 사람이 치매에 걸리지 않는다는 말은 사실이 아니라고 한다. 치매에 걸릴 사람은 걸린다. 하지만 아무리 중증 치매라고 해도 피아노만은 칠 수 있다고 한다. 너무 멋지지 않은가! 아무리 늙고 시들어도 드뷔시의 〈달빛〉을 화려하게 연주할 수 있다면. 연주가 끝나면 다시 멍한 상태로 돌아가겠지만 말이다. 여하튼 인생의 가능성은 무한대다! 나도 그런 멋진 할머니가 되고 싶다.

어른의 피아노를
시작하는 법 3

곡을 선택하는 즐거움

마침내 곡 선택의 시간이다.

이야, 꿈만 같지 않은가.

자신이 연주할 곡을 자유롭게 고른다. 물론 '자유롭게'라
고는 해도 실력이 부족한 만큼 아무 곡이나 고를 수는 없다.
아무리 곡이 멋있다고 해도 갑자기 리스트의 〈라 캄파넬라〉
를 칠 수는 없다, 당연히. 하지만 비관할 필요는 전혀 없다.
이 세상에는 믿기 힘들 만큼 정말로 수많은 피아노곡이 있어
서, 끈질기게 찾아보면 〈라 캄파넬라〉도 무색할 만큼 아름답
고 화려하며 감동적인데도 의외로 간단해서 초보자도 칠 만
한 곡을 얼마든지 발견할 수 있다.

그리고 뜻밖에도 그럴듯하게 연주할 수도 있다.

꿈만 같지 않은가.

더 솔깃한 정보를 전하자면, 그럭저럭 피아노를 칠 수 있게 되면 뜻하지 않은 인연으로 사람들 앞에서 피아노를 칠 기회를 얻기도 하는데, 그때 듣는 사람들의 눈을 하트로 만들고 찬사를 받기 위해서는 실력보다 선곡이 중요하다. 우리 같은 초보자는 어쩔 수 없이 실력에 신경 쓰지만 사실 실력은 거의 상관없다.

이것은 솔직한 내 경험인데, 내가 사람들 앞에서 연주하고 가장 호평을 받았던 곡은 독학으로 연습한 바흐의 《평균율 클라비어 1권》 제1번 전주곡이다. 클래식에 조예가 깊지 않은 사람은 무슨 말인가 싶겠지만, 들어 보면 모르는 사람이 없는 정말 유명한 곡이다. 물론 나도 이 곡을 좋아하기에 연주하는 것이지만 이유는 그뿐만이 아니다.

이 곡은 정말로 간결해서 피아노 경험이 전혀 없는 사람도 조금만 노력하면 나름 칠 수 있게 된다. 그래서 나도 이 곡이라면 안심하고 사람들 앞에서 연주하는데, 반대로 말하면 이 곡을 쳤다고 해 봐야 실력 자랑은 어렵다는 얘기다.

그런데도 이 곡을 들은 사람들은 백이면 백 멋지다고 말한다.

바흐의 곡 중 더 어려운 곡을 연습해서 가끔은 사람들 앞

{ tip }

에서 연주하기도 하는데 신기할 정도로 완벽히 무반응이다.

그러니까 내가 하고 싶은 말은, 우리가 무심코 집착하게 되는 피아노 실력이, 위대한 작곡가들이 신의 계시를 받고 자기 인생길을 걸으며 고생 끝에 세상에 내놓은 명곡 그 자체의 힘 앞에서는 너무도 사소하다는 것이다.

피아노를 친다고 하면 우리는 이내 맹연습이나 노력 같은 키워드를 떠올리지만, 사실은 선곡이 연주의 90퍼센트를 차지하는지도 모르겠다.

그리고 곡을 고르는 과정에서는 연습과 달리 좌절감이나 패배감을 느낄 필요가 없다. 그저 수많은 명곡에 파묻혀 그 명곡을 화려하게 연주하는 상상 속 자신의 연주에 빠져들면 된다. 이처럼 달콤한 시간이 또 있을까? 더구나 그 선곡에 따라서는 사람들에게 감동(같은 것)을 줄 수 있으니, 이렇게 거짓말처럼 멋진 일이 세상에 있어도 되는 걸까 싶다.

악보는 손에 넣기 쉽다

곡 선택을 끝냈다면 이제 빨리 악보를 구해 보자.

악보를 구하는 일이 그렇게 간단할 리가… 없지 않다. 매우 간단하다. 하지만 이 간단한 사실을 간단히 언급하지 않고 보다 강조하고 싶다.

놀랍게도 요즘에는 악보를 인터넷으로 검색해서 거의 순식간에 손에 넣을 수 있다.

어렸을 때 악보는 당연히 악기점의 악보 코너에서 사야 했다. 피아노 선생님의 지시에 따라 부르크밀러 연습곡집이나 체르니 30번 등 유럽 감성의 대형판 악보집을 샀는데, 그런 악보집을 사고 나면 왠지 자신이 양갓집 따님이라도 된 양 자랑스러운 기분이 들기도 했다.

하지만 이제 그럴 필요가 전혀 없다. 즉물적이랄까 멋이 없다는 느낌이 들 때도 있지만, 그런 태평스러운 소리를 할 때가 아니다.

여하튼 앞에서도 말했듯이, 일정 금액을 내면 온갖 피아노곡을 마음껏 들을 수 있는 '스트리밍 서비스'와 '악보 다운로드' 이 두 가지 수단을 갖게 됨으로써 완전한 곡 선택의 자유를 얻었다.

이제 남은 건 피아노를 치는 일뿐이다.

예전에는 이렇게 간단하지 않았다.

곡을 선택하는 일도, 악보를 구하는 일도 손쉽게 할 수 있는 일이 아니었다. 일단 곡을 잘 모르고, 알 수 있는 수단도 없었다. 행여 우연히 어떤 곡을 알게 되었다고 해도 대중적이지 않은 곡이면 악보를 구할 길이 없었다. 그래서 선생님

{ tip }

의 선곡이 가장 현실적인 방법이라 일반적인 곡을 칠 수밖에 없었다. 자연스레 바이엘, 부르크뮐러, 체르니를 거쳐 발표회가 되면 모두가 모차르트나 베토벤, 슈베르트를 선택하는 메이저 로드를 걸었던 것이다.

하지만 지금은 대중적이지 않아 악보로 출판되지 않은 곡도 입수할 수 있다. 그러니까 인터넷 덕분에 우리는 선곡이 주는 어른의 즐거움을 마음껏 추구하고 만끽할 수 있게 된 것이다.

실력의 유무뿐만이 아니라, 진심으로 매료된 곡을 자기 나름대로 열심히 치는 즐거움. 이것이야말로 어른의 피아노가 추구해야 할 지점이 아닐까.

악보 읽기가 쉬워지는 가장 간단한 방법

'멋진 시대!', '이걸로 당신도 곧 피아니스트!'라는 뉘앙스를 풍기는 이야기를 실컷 썼지만, 물론 세상일이 그리 간단하지 않다.

연주하고 싶은 곡을 찾았다.

악보도 손에 넣었다.

이제 남은 일은 치는 것뿐!

말할 필요도 없이, 바로 여기가 문제다.

그리고 죄송하게도 핵심인 이 부분에 관해서는 내가 조언할 수 있는 말이 거의 없다. 하나도 노력, 둘도 노력, 노력 또 노력, 이것밖에는. 실제로 해 본 사람이라면 알겠지만 아무리 간단한 곡이라고 해도 간단하게 칠 수 있는 곡은 이 세상에 없다. 더구나 누누이 말했듯이 어른의 피아노 실력은 징하게도 늘지 않는다. 더딘 발전에 지쳐서 처음의 의욕은 어딘가로 사라지고, 어느새 포기 직전인 자신을 발견할 확률은 결코 낮지 않다.

하지만!

더 이상 못 하겠다며 포기 직전인 당신에게 딱 한 가지만 조언하고 싶다. 피아노를 치고 싶다고 생각했다면 분명히 피아노와 조금의 인연은 있는 것이다. 그 인연을 완전히 잘라 내기 전에 꼭 시도했으면 하는 한 가지가 있다.

손에 넣은 악보를 확대 복사해 보라.

무슨 뜬금없는 소리인가 싶을 것이다. 하지만 속는 셈 치고 해 보기를 바란다. 틀림없이 악보 읽기가 놀라울 만큼 편해지고, 극복해 보겠다는 적극적인 에너지가 솟아날 것이다.

맞다. 우리 중장년 피아니스트의 앞을 가로막는 첫 번째 거대한 벽이 악보 읽기다. 어렸을 때부터 음악을 계속해 온 사람이 아니면 악보를 읽는 작업은 처음이거나 수십 년 만의

{ tip }

일이 된다. 그런 사람들에게 악보 읽기는 거의 암호 해독이나 다름없다. 어떻게든 해독하려고 했던 나의 악보도 '파', '라' 등 계이름을 적어 넣은 빨간 글씨로 빼곡했다. 그 정신없는 악보를 보는 것만으로 현기증이 일었고, 도저히 칠 수 없을 것 같아 몇 번이고 던져 버리고 싶었다. 특히 화음이 연속으로 등장하는 구간은 완전히 고문이었다. 시커먼 악보를 보는 것만으로도 짜증과 한심함으로 폭발할 것 같았다.

그러던 어느 날이었다.

어떤 인터넷 기사에서 '악보를 읽기 힘든 사람은 속는 셈 치고 악보를 확대 복사해서 보세요, 놀랄 만큼 편해집니다' 라는 생각지도 못한 조언을 발견했다.

당장 실행했다.

편의점에 가서 A4 크기 악보를 B4 크기로 확대 복사했다.

우와, 정말 크다! 생각했던 것보다 훨씬 크다. 너무 커서 악보대에 세울 수도 없었다. 재빨리 종이 상자를 잘라 받침대를 만들고 클립으로 고정해서 악보대를 손수 제작했다.

그렇게 했더니!

악보 읽기가 수월해졌다. 확대했을 뿐인데 음표가 잘 보였다. 수많은 음표가 몰려 있어도 겹쳐 보이지 않고 또렷하게 보였다. 믿을 구석인 손가락 번호도 확실하게 보였다. 그것만으로도 짜증이 스르륵 사라지는 듯했다. 여전히 시간은 걸려도 거부감이 사라진 탓에 음표가 실제 음으로 변하는 순간을 즐기는 여유까지 생겼다.

그러다가 문득 깨달았다.

나 노안이었나…?

확실히 그랬을 것이다.

그래서 솔직히 노안이 아닌 사람에게 확대 복사의 효과가 얼마나 있을지는 알 수 없다. 하지만 세상에는 의외로 황당할 만큼 단순하고 간단한 해결법이 있다는 점을 말하고 싶다.

여담이지만, 선생님에게 레슨을 받는 날 악보를 가져가면 매번 "엄청 크네요!" 하고 놀라신다.

4악장

마침내 발표회

발표회 회의론자

나는 사람들 앞에서 연주하고 싶어서 피아노를 배우는 게 아니라고 이제까지 줄기차게 주장해 왔다. 하지만….

말도 안 되는 그날이 왔다.

40년 만에 피아노 발표회에 참가하게 되었다.

실로 충격적인 일이 아닌가.

이 정도로 긴장하고 당황한 일이 최근에 있었던가.

발표회 한 달 전부터 일이 전혀 손에 잡히지 않았다. 사실은 그 시기에 예전부터 계획했던 인생 최초의 대만 여행 일정이 있었는데, 너무 걱정이 된 나머지 관광은 뒷전으로 두고 얄팍한 인맥을 동원해서 섭외한 현지 악기점에서 매일 2시간씩 연습을 감행했다. 매일 서툰 실력으로 피아노를 치는 아프로헤어의 일본인을 그곳 점원들은 분명 이상한 사람으로 기억할 것이다. 그리고 그렇게까지 해서 열심히 준비했는데도 발표회 직전에는 '하나도 준비되지 않은 채 당일을 맞이해서 극도의 혼돈에 빠진' 정말로 뻔한 악몽에 시달리다 잠에서 깨었다. 이 나이에 그런 수험생이 꿀 법한 꿈을 꾸다니.

물론 이렇게 되리라는 것은 충분히 알고 있었다. 그래서 처음에 선생님이 발표회를 권유했을 때 온 힘을 다해 거절하지 않았나! 누누이 말하지만 나는 다른 사람의 칭찬을 받고 싶다는 시시한 목표를 위해 연습하지 않는다. 그보다는 연습하는 것, 음악에 흠뻑 젖어 격투하는 것 그 자체가 기쁨이라는 깊은 철학적 세계에 뛰어든 것이다. 그야말로 어른의 피아노가 가진 특권이고 어쩌고…. '말을 그렇게 해도 사실은 자신이 없을 뿐이잖아' 하는 마음의 소리가 어디선가 들려온다.

헉, 대꾸할 말이 없다.

그 말도 100퍼센트 맞다.

사람들 앞이건 어디건 내가 선뜻 칠 수 있다면, 발표회 따위 절대 나가지 않겠다고 밀어낼 필요도 없다. 담담하게 그 기회를 즐기면 될 뿐이다. 하지만 앞에서도 누차 말했듯이 나는 발표회는커녕 한 달에 한 번 선생님 앞에서 연주하는 것만으로도 어이없을 만큼 엉망진창이 된다. 그 사실에 매번 나 자신이 가장 놀란다. 연습할 때는 한 번도 하지 않았던 실수를 연발하는 것은 물론, 손가락을 덜덜 떨면서 우왕좌왕하고, 머릿속은 새하얘지고, 온몸은 굳는다. 떠올리는 것만으로 무시무시한 아수라장 같은 연주를 지치지도 않고 반복한다. 그러니까 다른 사람에게 들려주기 위해서 피아노를 치는 게 아니라고 말하면서도, 선생님만 있어도 이미 누군가 듣는다는 사실을 누구보다 의식한다. 칭찬받고 싶다, 평가받고 싶다는 자아의 바다에 빠져서 허우적거리고 있다. 그리고 그런 상황에서 어떻게 벗어나면 좋을지 전혀 깨닫지 못한 채 시간만 흘렀다.

겨우 한 사람 앞에서조차 이런 상황이다.

그런데 뭐? 발표회? 알지도 못하는 사람들이 어디 실력 좀 보자며 숨죽이고 지켜보는 데에서 피아노를 치라고? 농담이겠지. 잠깐 생각해 봐도 선생님 앞에서 칠 때보다 훨씬 당황하고 실패할 게 불을 보듯 뻔하지 않은가. 이 나이에 왜 굳이 그런 평생 트라우마가 될 가혹한 체험 속으로 나를 밀어 넣어야 하는가.

그런 생각으로 고개를 세차게 내젓자, 선생님이 생각지도 못한 한마디를 뱉었다.

"아니요, 분명히 공부가 될 거예요. 저도 무척 긴장하는 성격이라서 사람들 앞에서 연주하면서 실패도 하고 분한 마음도 들었어요. 근데 그런 경험을 세 번 정도 하니까 그제야 그 곡이 내 것이 되었다는 느낌이 들었습니다."

나를 위한 실패

내가 사람들 앞에서 피아노를 치기 싫은 이유는 결국 나 나름 즐겁게 열심히 해 온 일이 다른 사람의 평가로 산산이 무너지게 될까 두렵기 때문이다. 두려워서 긴장한다. 긴장하니까 엉망진창이 되어 창피를 당한다. 그게 두려워서 또 긴장한다…. 여기엔 출구가 없다. 이대로라면 평생 사람들 앞에서 연주하는 일을 피해야 한다. 사실 피해 다녀도 상관없다. 하지만 이 또한 고집이 아닌가. 자유롭지 못한 처사다. 게다가 그렇게까지 피하려는 태도야말로 사람들의 평가에 휘둘리는 것이 아닐까 하는 생각도 든다. 여하튼 이런 대응에도 모순과 한계가 느껴져 개운하지 않다.

하지만 평가를 받고 말고의 문제가 아니라, 곡을 내 것으로 만들기 위해 사람들 앞에서 연주한다면? 그래, 그렇게 생각할 수도 있구나!

그렇다면 이야기가 달라진다. 설령 긴장하는 바람에 실패한다고 해도 그 실패 역시 자신을 위해, 곡을 위해 필요한 과정이라고 생각하면 마음에 치명상은 입지 않을 테고, 굴하지 않고 다음에도 도전하려고 할 듯하다. 더구나 그 경험을 거치지 않고서는 곡을 내 것으로 만들 수 없으며, 반드시 경험해야 곡이 내 것이 된다면…. 지금까지는 어떤 곡도 내 곡이 되었다는 느낌이 들지 않았으니, 어떤 의미에서는 아주 좋은 소식이다. 그렇다면 하는 수밖에 없지 않은가. 무려 선생님도 세 번을 시도했다고 하지 않는가. 그렇다면 나 같은 사람은 몇 번이고 시도해야 한다. 이러니저러니 떠들고 있을 내가 아니다. 인생에 남은 시간이 많지 않다.

나가겠습니다, 꼭 나갈게요!

그렇게 대답한 순간부터 벌써 긴장감으로 손이 축축해진다. 이런데도 정말 괜찮을까? 얼마 지나지 않아 나도 모르게 "저기… 지금 취소하면 안 될까요?" 하고 소심하게 물었지만, 이럴 때 선생님은 정말 냉정하다. "안 됩니다!" 하고 단호하게 자른다. 나는 물러날 수 없는 상황에 처했다.

"그러면 어떤 곡을 칠까요?"라는 선생님의 물음에 곧바로 튀어나온 대답은 쇼팽의 마주르카 제13번이었다.

반년 전쯤 도전했던 곡이다. 내가 생각해도 신기했다. 전혀 잘 치던 곡이 아니었다. 원래는 누군가의 멋진 연주로 이 곡을 접하고서 어떻게 이렇게 어둡고 아름다운 곡이 있을까 생각한 이후, 곡이 주는 깊은 느낌에 비하면 연주는 비교적 간단할 것 같다는 생각에 과감하게 도전했었다. 그런데 막상 쳐 보니 어둡고 아름다운 곡이 내 손을 거치자 그저 음산하고 지루할 뿐인 곡이었다. 간단해 보이는 곡일수록 연주자의 본색이 무안할 만큼 뚜렷하게 드러난다. 나는 그 곡을 연주하기 위해 나름 노력했지만 무엇을 어떻게 해야 좋을지 알 수 없어 완전히 헤맸고, 결국은 어중간한 상태로 내팽개친 채 다음 곡으로 넘어갔다. 그래서 내 피아노 흑역사 중에서도 최상위에 속하는 곡이다.

그런 곡이 내 입에서 나왔다니 이상한 일이다. 계속 마음에 걸렸던 것일까? 아니면 이것도 어떤 인연일까? 그도 아니면 덫일까?

곡을 정할 당시의 일기에는 비장한 심정이 적혀 있다.

'나, 괜찮을까. 아니, 절대로 괜찮을 리가 없어. 그 곡은 어렵기만 한 게 아니라 상당히 위험한 곡이야. 조바꿈이 될 때 헷갈리기 시작하면 완전히 헤매게 될 거야. 과거에 두 번 정도 친구 앞에서 가볍게 연주한 적이 있었잖아. 그때 완전히 엉망이 되어서는 그곳에 있던 사람들 모두를 힘들게 만들었지. 그때를 생각하면 지금도 식은땀이 흘러. 그 이후로는 너무 공포스러워서 누구 앞에서도 치지 않았지. 그러니까 그 곡을 다른 사람 앞에서 쳤다가 성공한 적은 단 한 번도 없는 거야…. 나는 대체 왜 그 곡을 선택한 거야!'

그렇다. 별 생각 없이 덤볐다가는 분명 끔찍한 일이 벌어진다.

하지만 여기까지 왔으니 다른 수가 없다. 벌써 공포로 떨리는 마음을 애써 가라앉히고 전략을 짜기로 했다.

평상시와는 다른 연습

궁지에 몰린 내가 겨우겨우 떠올린 생각은 이랬다. 이는 어쩌면 지금껏 고수한 방식을 재검토할 기회일지도 모른다.

지금까지 그랬듯 막연하고 평범하게 연습을 했다가는 아무리 생각해도 실패할 일밖에 없다. 긴장하지 않는 방법은 오로지 연습뿐이라고 흔히 말하지만, 그것만으로는 불가능하다. 나는 지금까지도 줄곧 연습만 고수하지 않았나. 더 이상의 연습은 삶에 지장을 주게 된다는 수준까지 연습했다. 그런데도 실패했다. 선생님의 레슨 때조차 그동안의 성과를 비참할 정도로 발휘하지 못했다. 그렇다면 내게 남은 것은 '양'이 아닌 '질'의 재검토다. 여느 때와는 다른 방법을 써야 한다.

꽤 좋은 아이디어 같았다.

그래. 평상시에 '하면 좋다는 것을 알면서도 하지 않은' 연습을 제대로 해 볼 다시없는 기회가 아닐까? 어쩌면 실력이 획기적으로 늘지도 모른다. 인생이 그리 호락호락하지 않겠지만, 적어도 평상시와는 다른 연습을 하면 평소와는 다른 나로 발표회에 임할 수 있다. 그것만으로도 긴장감에 익사할 것 같은 내게 귀중한 구명 튜브가 될 것이다.

요컨대 어찌 되든 시도하기를 잘했다는 결론뿐이지 않은가. 내가 생각해도 정말 훌륭한 작전이다.

곧장 미뤄둔 연습 방법을 적어 본다.

① 한 손 연습
② 운지법 대충하지 않기
③ 천천히 치기
④ 철저하게 힘 빼는 연습

끝없이 나오는군! 기가 막힌다.

피아노를 시작한 후로 성과가 없어도 매일 끈기 있게 연습하는 나 자신을 훌륭하다고 생각했고, 이것이야말로 어른의 인내력이라며 자화자찬해 왔다. 그런데 그게 아니었다. 이렇

게 하나하나 돌아보니 여태껏 성과가 없던 이유는 연습 방법
이 틀렸다는 데 있었다. 어릴 적부터 귀찮은 연습은 모조리
넘겨 버렸기에 결국 발전이 없었다는 것이다. 그저 시간만
죽이면서 연습하는 자신이 대견하다고 떠들었으니 근본적
인 성장이 가능할 리가.

그래서 귀찮은 연습을 정말 열심히 했다!

궁지에 몰리면 사람이 달라진다. 투덜대지도 않고 어떤 귀
찮은 일도 하게 된다. 그래서 어떻게 됐을까? 성과가 있었을
까? 발전했을까?

단언컨대 발전했다.

이제 와서 이런 말을 하기도 부끄럽지만, 선생님의 조언은
정말로 옳았다. 전부 필요한 연습이었다.

양손으로는 쳐도 한 손으로는 못 쳐

먼저 한 손 연습이다.

처음 레슨을 받을 때부터 선생님이 꼭 하라고 했던 연습인
데 돌이켜보니 솔직히 거의 하지 않았다. 그걸 하고 있으면
답답했기 때문이다. 한 손씩 치면 양손의 두 배로 시간이 걸
린다. 더구나 재미가 없다. 한 손만으로는 곡을 연주한다는
느낌이 들지 않는다. 하지만 지금은 그런 걸 따질 때가 아니

니 많이 늦었지만 시도해 보았다. 그리고 새삼 놀라고 말았다.

일단 연습이고 뭐고 아예 칠 수가 없다.

양손으로는 치는데 한 손으로는 칠 수가 없다. 보통은 반대가 아닌가. 한 손으로는 칠 수 있어도 양손으로는 못 친다는 생각이 일반적이다. 처음에는 나도 그랬다. 고생고생한 끝에 간신히 양손 연주가 가능했으니까. 그런데 평소 양손으로 치다 보니 이번에는 막상 한 손으로 칠 수가 없다. 정말이지 인생이란 무섭다! 진보와 퇴화는 동시에 진행된다. 방심할 틈도 없다. 특히 왼손의 형편없음은 말로 다 할 수 없을 정도다. 오른손을 뺀 순간, 놀랍게도 왼손은 완전히 길 잃은 미아가 된다. 여기는 어디? 나는 누구? 그건 내가 묻고 싶다고!

당황한 나는 악보와 눈싸움을 하며 열심히 왼손을 움직여 본다. 어머, 왼손 씨, 당신 이러고 있었던 거야? 대체 나는 지금까지 무얼 한 걸까. 나는 그저 타성적으로 양손을 움직이고 있었을 뿐 무엇을 치고 있는지는 전혀 듣지 않았던 것이다.

깊게 반성하며 다시 왼손으로만 반복해 본다.

이제야 그 깊은 슬픔의 선율에 깊이 감동한다.

화려한 오른손과는 다른 커다란 강물의 흐름 같은 멜로디다. 그런데도 여지껏 나는 단순한 반주라고 여기고 B급 취급을 하며 아무런 관심도 주지 않았다. 그런 자에게 곡이 웃어

줄 리가 있겠는가. 금세 정체기에 빠져 포기할 수밖에 없었던 것도 당연하다.

그리고 왼손으로만 치는 데에 어느 정도 익숙해지자 다시 양손으로 친다.

놀랍게도 이제는 양손으로 쳐도 왼손이 내는 소리가 확실하게 들렸다. 들린다는 건 의식하고 있다는 의미다. 왼손은 왼손대로 성실하고 우직하게 노래하고 있음을 그제야 알았다. 단지 그 깨달음만으로도 수없이 반복했던 곡이 전혀 다른 모습이 되어 눈앞에 나타났다. 이전까지는 혼자서 노래했는데 갑자기 이중주가 된 듯했다. 평면이 입체가 된 것처럼 실체적인 형태를 이룬 듯한 느낌.

와아, 마주르카가 이런 곡이었구나!

하지만 지금은 그런 감상에 젖을 때가 아니다. 해야 할 일이 아직 까마득하게 남아 있으니까.

제거 작전

그다음 연습은 '어려워하는 부분을 철저히 제거하기'였다.

그런 게 가능하면 누가 고생을 하겠는가. 정말로 가능할지는 알 수 없지만, 나는 제거 작전을 생각해 냈다.

이번 기회에 연습 목표를 대담하게 바꾸는 건 어떨까. 잘 치기가 아니라, 힘을 주지 않고 치기를 목표로. 이 목표를 달성할 수 있다면 결과적으로 어려워하는 부분은 사라지는 게 아닐까?

어려워하는 부분에서는 아무래도 힘이 들어간다. 그곳에 가까워지는 것만으로도 힘이 들어간다. 그뿐이 아니다. 어려운 곳이 있다는 생각만으로도 처음부터 힘이 들어간다. 그러니까 내 몸은 힘으로 위기를 제압하려 했다. 하지만 그 의도가 제대로 먹힌 선례는 없다. 오히려 모든 파국의 원흉이다. 평상시에는 아무렇지 않게 하던 일도 힘이 들어가면 순식간에 할 수 없게 된다. 그러면 안 된다는 걸 알아도, 말하자면 본능의 문제라서 다른 도리가 없다.

그렇다면 차라리 이를 역이용하면 어떨까? '어렵다＝힘이 들어간다'이니까 '힘을 뺀다＝어렵지 않다'가 되지 않을까? 완전히 억지 이론 같긴 하지만 지금까지와 똑같이 했다가는 반드시 파국에 이른다. 결과가 어떻든 해 볼 가치는 충분하다고 인정하기로 했다.

그리고 정말 열심히 했다!

정말이지 새삼 놀라운 일들뿐이다. 해 보니 어찌나 힘이 들어가 있던지! 나름 힘을 빼는 방법을 깨달았다고 생각했는데 궁지에 몰린 나를 철저하게 관찰해 보니 처음부터 끝까지 이래저래 힘이 들어가지 않는 때가 없었다.

조금이라도 힘이 들어가면 연습을 멈추었다. 가시를 뽑듯 힘을 하나하나 뽑기 위해 자세를 바꾸기도 하고, 손을 털거나 목을 흔들기도 하면서 힘을 주지 않고 칠 수 있을 만큼 속도를 낮춘다. 그러자 나의 마주르카는 한없이 느려졌고 들어본 적도 없는 난해한 소리의 연속이 되었다.

나는 점점 초조해졌다. 힘을 뺄 수 있을지언정 더 이상 음악이 아니었다. 하지만 이게 현실이다. 이 과정을 피한다면 같은 실패를 반복할 뿐. 그러니 발표회 날은 어김없이 다가오고 있다. 바쁠수록 돌아가라는 말을 하고 있을 여유가 없다.

초조함이라는 늪

그렇게 생각하고 보니 나는 늘 초조했다.

발표회뿐만이 아니다. 내 인생의 데드라인도 시시각각 여지없이 다가오고 있다. 연주하고 싶은 곡에는 끝이 없는데 몸도 머리도 생각처럼 따라 주지 않는다. 그렇다면 기를 쓰고 정진하지 않으면 몇 곡 쳐 보지도 못하고 일생이 끝나지 않겠는가! 제아무리 느린 달팽이라도, 아니 달팽이이기에 더욱 기를 쓰고 앞으로 나아가야 한다는 마음 때문에 초조할 수밖에 없었다.

하지만 그러면 안 된다. 이렇게 연습 과정 하나하나를 처음부터 다시 살펴보니 초조함이 연습의 질을 떨어뜨리고 있었다. 한시라도 빨리 정상에 서고 싶은 마음에 일직선으로 올라가려고 하니까 경사가 너무 심해서 미끄러지기만 할 뿐 조금도 올라가지 못한다. 좀더 차분하게, 나선형으로 한 걸음 한 걸음 착실하게 걸어가야 한다. 그렇게 하면 비록 느리더라도 확실하게 올라설 수 있다. 하지만 역시 초조하다! 시간이 없다는 현실은 어떻게 할 수 없다. 조금만 더 젊었더라면! 시간이 무한하다면 마음을 다잡고 기본 연습에 제대로 임할 수 있을 텐데.

중장년의 피아노에는 시간이 없다! 그치만 초조해하면 안 된다! 나는 이러한 끝없는 모순 속에 있었다.

이 근본적인 문제를 어떻게 해결하면 좋을까.

마음 의지할 곳을 찾아서

나름대로 이런저런 작전을 짜며 필사적으로 연습에 임했지만, 초조함이라는 강적의 공격을 받아 3보 전진하면 2보 후퇴했다. 그렇게 전진한 듯 전진하지 않은 듯한 답답한 나날을 보내고 있었고, 그러는 중에도 디데이는 여지없이 다가오고 있었다.

이대로라면 아무리 생각해도 연습의 결실로 '만반의 태세를 갖추어 자신 있게 발표회에 임한다'는 상황을 기대하기는 어렵다. 결국에는 불안한 심정으로 많은 사람이 지켜보는 가운데에서 홀로 식은땀을 흘려가며 그저 그런 연주를 할 게 분명하다. 그런 생각만으로도 온몸이 떨린다. 패닉에 빠진 채로 정신없이 그 시간을 버틴다는 최악의 사태밖에는 그려지지 않는다.

안 돼!

나쁜 이미지만 떠올리면 나쁜 결과밖에 나오지 않는다. 대체 어떻게 하면 좋을지 깊은 고민에 빠져 있던 중, 아사히신문에서 검도 4단의 작가 후지사와 슈^{藤沢周}◆ 씨의 인터뷰 기사를 읽었다.

이런 내용이었다.

성인이 된 후에 검도를 시작한 후지사와 씨는 어렸을 때 유도를 배운 경험이 있어서 조금은 자신감이 있었는데 막상 해 보니 예상과 전혀 달랐다. 자신이 얼마나 미숙하고 나약한지를 알게 되었다고 한다.

◆ 1959~ 소설가. 『부에노스 아이레스 오전 0시』로 119회 아쿠타가와 류노스케상을 수상했다.

무엇이 미숙했을까.

검도에서는 '경구의혹驚懼疑惑'을 절대 해서는 안 되는 네 가지 병으로 여긴다고 한다. 놀라서 동요하거나驚, 두려운 마음懼을 갖거나, 자신의 기술을 의심하거나疑, 상대방에게 현혹되는 것惑. 후지사와씨는 이렇게 말했다. '상대방과의 싸움이 아닌 자기 마음속에 있는 잡음과의 싸움입니다.' 사람들 앞에서 피아노를 칠 때의 내 모습 그 자체였다!

실수하면 금세 동요하고, 앞으로 얼마나 형편없는 연주를 하게 될까 두려워하고, 노력 따위 어차피 허사인 건 아닐까 의심하고, 자신을 믿지 못해 출구 없는 미로에 빠진다. 네 가지 병은 내 마음속 잡음이다. 나의 적은 나 자신. 물론 내가 만든 미로에서 벗어나려고 필사적으로 연습하고 있지만 그것만으로는 부족해 보였다.

나는 대중 앞에서 연주한다는 전대미문의 사태에 도전하게 되었다. 아무리 완벽하게 준비를 끝냈다고 해도 이상한 상황에는 어떤 이상한 일이 일어날지 모른다. 당황해서 갈팡질팡하다가 익사 직전까지 가는 비극을 피하기 위해서는 구명보트와 같은 붙잡을 것이 필요하다. 바로 마음의 준비다. 마음을 의지할 무언가다. 의지할 것 없이 멍하니 무대에 올랐다가 곧바로 네 가지 병의 습격을 받아 숨이 툭 끊어지는 내 모습이 아른거린다.

그래서 구체적으로 어떻게 해야 된다는 말인가.

정답이 있다면 누구도 고생하지 않을 것이다. 무엇보다 우리 요네즈 선생님도 긴장하는 성격으로 꽤 고민했던 듯하다. 그리고 선생님은 이전부터 '실제 연주회에서는 연습했던 것보다 기껏해야 30퍼센트밖에 발휘하지 못한다고 생각하면 마음이 편하다'라고 조언했나. 하지만 내 연수의 30퍼센트면 아무것도 남지 않는다. 그야말로 비극이니 마음이 편해질 리가 없다.

그래서 여러 가지 방법을 고민해 보았다.

일단은 가장 기본 방법인, 곡의 이미지에 몰두하는 것이다. 유튜브에서 유명 연주가들의 영상을 보면 의자에 앉는 순간 마치 무당처럼 순식간에 곡의 세계로 깊이깊이 빠져드는 것처럼 보였다.

그래서 마주르카가 품은 어두운 이미지를 떠올려 보았다. 먼저 떠오른 장면은 노인의 회상이다. 비극적인 과거를 짊어진 한 노인에게 죽음이 다가오고 있다. 하지만 그의 기억 속에는 약간의 행복한 추억도 있고…. 마치 유럽의 고전 영화 같잖아. 흠, 나쁘지 않은데?

몇 차례 더 진지하게 시도했지만, 현대의 도쿄에서 단무지를 먹으며 태평하게 사는 나로서는 아무리 상상해 보아도 그런 극적인 인물에 이입하기 어려웠다. 그리고 무엇보다 그런 별세계에 몰두하기에는 걱정해야 할 부분이 너무 많다. 이 곡은 비슷한 악구가 반복되면서 아주 조금씩 변화하기 때문에 망상에 빠졌다가는 자칫 치명적인 실수를 범할 것 같아서 불안하다. 게다가 슬슬 치매 증상이 보이기 시작해 내 두뇌 용량을 전혀 신뢰할 수가 없다.

그렇다면 또 다른 방법은 아무 생각하지 않고 힘을 빼는 데에만 집중하는 것이다. 가슴을 펴고, 겨드랑이의 힘을 빼고, 특히 어려운 부분 앞에서 당황하지 말고 천천히 천천히 연주한다. 그러기 위해서 중요한 몇 가지가 있다. 먼저 연주 전에 심호흡을 한다. 특히 서두르지 않는다. 잘 보이고 싶다는 마음을 버린다. 그러기 위해서는 다른 사람과 음악을 나눈다는 마음가짐을 잊지 않는다. 그러기 위해서는… 잠깐, 이런 식이면 생각할 게 너무 많아서 힘을 뺄 여유도 없겠다!

혼란에 빠진 나는 말 그대로 지푸라기라도 잡는 심정으로 발표회 직전의 레슨 때 선생님에게 도움을 요청했다.

선생님은 "자신감이 중요합니다"라고 말씀하셨다. 그러니까 '나는 천재다!' 같은? 그렇군요…는 무슨. 그건 무리죠! 막상 시작하면 그런 엉터리 자신감은 순식간에 무너질 것이 불을 보듯 뻔하다. 수준이 너무 다른 분에게 물은 내가 바보였다. 됐습니다. 더 이상 선생님께는 의지하지 않겠습니다!

이번에는 피아노 경험이 있는 친구에게 도움을 구한다.

"음, 일단은 자기만의 세계에 집중하는 게 좋다고 생각해. 다른 사람의 연주도 듣지 않는 편이 좋아. 발표회 직전까지 머릿속으로 자기가 연주할 곡만을 반복해서…." 그래그래, 메모하자. 아니지, 결국은 또 생각해야 할 것만 늘어나고 있네. 지금 오히려 '집중'에서 점점 멀어지고 있지 않나? 집중이 대체 뭐지? 어떻게 하면 되냐고!

대혼란 상태에서 시간은 가차없이 흘러갔다.

대책 없이 다가온 디데이

결국 그날이 와 버렸다.

나는 연주회장인 시부야로 향하는 버스 안에서 이미 손바닥이 땀으로 흥건했다. 할 수 있는 건 다했지만 도무지 마음을 의지할 곳은 없었다. 더구나 하필이면 오늘, 나는 나에게 새로운 도전을 부여했다.

바로 '다른 사람의 연주 듣기'였다.

친구는 다른 사람의 연주를 듣지 않는 편이 좋다고 했고 나도 그럴 거라 생각했다. 내 마음속에서 흘러나오는 잡음조차 조절하지 못하고 있는데 다른 사람의 연주까지 들으면 더욱 혼란스러울 것이다.

하지만 발표회 며칠 전에 도착한 선생님의 메시지에는 이렇게 적혀 있었다.

'시간이 허락되는 한 꼭 다른 사람의 연주를 들어 보세요. 무엇보다 큰 공부가 될 겁니다.'

듣는 게 왜 큰 공부가 된다는 건지 알 수 없었다. 하지만 모르니까 더욱 들어 보아야겠다고 생각했다. 아침부터 시작되는 아동부의 연주까지 들을 에너지는 없어서 오후부터 시작되는 성인부만이라도 진지하게 듣기로 했다.

공연장 건물에 들어서자 피아노 소리가 들려왔다. 그런데 실력이 엄청났다! 수준이 높다! 나도 모르게 주눅이 들어 발표회장 안을 들여다보았는데 선생님 세 분의 시범 연주였다. 아, 다행이다!(드러난 속내)

발표회 프로그램을 다시 살펴본다.

오후부터 열리는 성인부의 출연자는 총 31명. 4부 구성으로 휴식 시간에 한 명당 3분의 리허설 시간이 주어진다. 상급자일수록 뒷 순서로, 나는 2부에 등장한다. 성인부 발표회는 오후 1시 40분부터 7시까지(엄청나게 긴 공연 시간) 진행되며, 나는 4시 즈음 출연하기로 예정되어 있었다.

그러니까 리허설 시간인 3시까지만 도착해도 되는 것이었다. 사실은 진심으로 그렇게 하고 싶었다. 안 그래도 걱정으로 머리가 깨질 것 같은데 공연히 다른 사람의 연주를 들으면서까지 불필요한 정보를 받아들일 여유가 없기 때문이었다. 혹여나 머리가 폭발하지 않을지 걱정스러웠다. 하지만 '다른 사람의 연주를 듣는 것은 무엇보다 큰 공부가 된다'는 요네즈 선생님의 메시지로 공포심을 억누르며 비척비척 성인부의 시작 시간에 맞춰 공연장에 왔다. 정말이지 성실함 그 자체가 아닌가.

솔직한 심정으로는, 나는 선생님에게 걸었던 것이다.

어떤 마음으로 공연에 임해야 할지 결국 나는 찾지 못했다. 시간이 갈수록 걱정만 커져서 심리적으로는 최악의 컨디션이었다. 그러던 중에 선생님의 메일을 받은 것이다. 만약 선생님 말이 사실이라면, 그러니까 당일에 다른 사람의 연주를 듣는 게 정말로 도움이 된다면, 연주 직전에라도 공포를 이겨 내게 할 무언가를 찾을 수 있지 않을까?

그런 일말의 희망을 가슴에 품고 떨리는 마음으로 공연장에 들어서자 요네즈 선생님이 가볍게 인사를 하며 다가왔다. "오전의 아동부 공연은 만석이었어요. 그런데 성인부가 되니까 전부 가 버렸네요." 객석을 둘러보니 엄청나게 굳은 표정의 어른들뿐이다. 그러니까 출연자들만 남은 것이다.

이게 성인의 발표회다. 우스꽝스럽지만.

인생 최대의 위기

마침내 공연의 막이 올랐다.

나는 이내 선생님 말을 믿은 나 자신을 저주했다. 출연자들 모두 어찌나 긴장을 하던지! 손은 떨리고, 연주 도중에 우왕좌왕, 다음이 떠오르지 않아 멈추기도 하고…. 내가 상정한 온갖 악몽이 현실이 되어 눈앞에서 펼쳐지고 있었다. 그들의 감정이 손에 잡힐 듯 생생하게 느껴졌다. 시작이 좋으면 긴장한다. 뜻대로 안 되어도 긴장한다. 결국은 이러나저러나 긴장해서, 어쩔 수 없이 절대로 피하고 싶은 사태(파국)를 맞는다. 바로 조금 뒤 나의 모습이다! 들으면 들을수록 그들의 긴장감이 그대로 전염되어서 이미 목덜미까지 뻐근했다.

한편 출연자 중에는 긴장감을 극복하고 멋지게 연주하는 분도 있었다. 다행이라는 마음에 진심으로 박수를 보냈지만, 그건 그 나름대로 내 심장을 옥죄었다. 나도 저 정도는 쳐야 한다는 뜬금없는 경쟁심이 솟았다. 결국에는 어떤 연주를 들어도 긴장만 될 뿐이었다. 스스로 한심하고 바보 같았지만

나는 긴장감을 이길 수 없었다. 멋대로 폭주해서 이미 제어 불능 상태였다. 그러는 동안에 내 순서는 점점 다가오고 있었다.

기다려! 대체 어떻게 해야 하지?

선생님이 보낸 그 메시지는 대체 뭐야!

온통 혼란으로 가득 차서 정신을 못 차렸다. 지금이 인생 최대의 위기라고 해도 과언이 아니었다.

우리들의 콘서트

인간에게는 이렇게까지 궁지에 몰리면 켜지는 이상한 스위치가 있는 모양이다.

갑자기 모든 게 우습게 느껴졌다. 생각해 보면 긴장하는 사람은 나뿐만이 아니었다. 공연장에 있는 모두가 마찬가지로 긴장하고 있다. 게다가 우리는 그저 아마추어 집단이다. 취미로 즐기기만 해도 충분한 존재. 전부 모으면 커다란 풍차 한 대는 돌릴 만한 우리의 긴장 에너지는 세상의 추세와 무관하게 부글부글 끓어오르고 있지만, 성공한다고 보수를 받는 것도 아니고 실패한다고 누군가가 다치는 것도 아니다. 정말이지 우리는 여기서 무얼 하고 있는 걸까… 그런 생각에 이르자 이 상황이 너무 이상하게 느껴져서 마음 깊은 곳에서부터 웃음이 터져 나오는 게 아닌가.

그냥 될 대로 되라지. 의자에 깊숙이 눌러 앉아 눈을 감고 멍하니 초긴장 상태인 동료들의 연주를 듣기 시작했다.

그러자 이게 어찌 된 일일까?

내 귀에 들리는 것은 깜짝 놀랄 만큼 깨끗한 음의 연속이었다.

모든 소리가 분명히 아름다웠다. 물론 실수도 있지만 실수는 실수일 뿐. 화려한 연주가 아니어도 초심자이건 상급자이건 그 연주에는 감동을 주는 무언가가 확실히 있었다. 나는 생각지도 못하게 깊이 감동했다.

어쩌면 이 발표회는 최고의 콘서트가 아닐까?

잠시도 한눈을 팔 수 없었다. 졸음이 온다니 당치도 않다. 물론 가장 큰 이유는 연주자가 언제 실수할지 모른다는, 말하자면 스릴이 넘치기 때문이기도 한데 꼭 그뿐만은 아니었다. 진심을 담고 용기를 내어 어떤 참담한 실수를 하더라도 온 힘을 다해 마지막까지 진지하게 치겠다는, 그런 마음이 담긴 연주는 듣는 이를 감동하게 했다.

그리고 이 연주회장에 있는 우리는 틀림없는 '동료'였다. 처음 만나는 사람들이지만 평생 걸려도 손에 닿지 않는 것을 열심히 추구하는 동지였다.

그래. 실패해도 좋지 않은가. 여기에 있는 사람들 모두가 알아줄 것이다. 이만큼 신뢰할 만한 청중이 어디에 있겠는가. 그들을 믿고 지금 내가 할 수 있는 일을 하면 된다. 그저 열심히 치면 된다. 엉망진창이더라도 거기에는 분명 아름다운 '무언가'가 있을 테니.

인생은 아름다워

그렇게 생각하자 평상심을 잃지 않고 최선의 연주를 할 수 있었다. 거의 기적이었다.

한 달 동안 죽도록 고전했던 마주르카의 첫 악구를 천천히 연주하기 시작한 그 순간을 나는 평생 잊지 못할 것이다. 그 순간 내가 들려주는 것이 아니라 사람들이 들어 준다는 감사의 마음이 솟아났기 때문이다. 이전에는 느껴 보지 못한 최초의 경험이었다.

이런 결말일 줄이야. 정말로 인생은 무슨 일이 일어날지 알 수 없다고 절실히 느꼈다.

그리고 역시 선생님 말이 맞았다. 다른 사람의 연주를 통해 나는 크나큰 배움을 얻었다. 기교나 노하우 같은 즉각적인 도움이 아니라, 앞으로의 기나긴 인생에서 웬만한 노력으로는 할 수 없는 피아노라는 악기를 마주하는 데에 필요한 커다란 용기 같은 것을. 연주자가 누구고, 나이가 몇이고, 실력이 어떻든 피아노를 치는 데에는 분명히 의미가 있다. 아무리 힘겨운 인생을 살아도 피아노를 통해서 자기 내면에 숨은 뜻밖의 아름다움을 마주할 수 있다. 그리고 마찬가지로 다른 사람에게도 저마다의 아름다움이 있음을 믿게 된다. 그 사실로도 충분한 인생이 아닌가. 이제부터는 무슨 일이 있어도 똑바로 앞을 향해, 서툴러도 멋지지 않아도 쾌활하게 살아갈 수 있을 듯한 기분이 들었다.

선생님을 믿기를 잘했다(의심도 꽤 했지만)! 선생님, 고맙습니다! 발표회에서 내게 멋진 연주를 들려주신 분들, 그리고 내 연주를 들어 주신 분들 모두에게 진심으로 감사의 말을 전하고 싶다.

나의
은밀한 야망

피아노 없이 피아노를 배우다

피아노를 배우려면 일단 피아노를 확보해야 한다. 유료 스튜디오를 빌리는 방법도 있지만 피아노 연습은 기본적으로 매일 해야 하기에 시간이나 비용을 고려할 때 현실적인 대안이라고 보기 어렵다. 대부분 이렇게 생각한다.

하지만 나는 내 피아노 없이 시작했다. 즉, 피아노 없이도 피아노를 배울 수 있다.

물론 여러모로 운이 좋았기에 누구나 이 방법이 가능하다고는 할 수 없다. 하지만 분명 행운은 우리 모두의 곁에 다양한 형태로 존재한다고 생각한다. 피아노를 살 수 없다고 해서 포기하지 말고 조금 유연한 사고로 방법을 찾아보자. 반드시 각자에게 맞는 방법을 찾을 것이다.

물론 각각의 방법에는 좋은 면과 나쁜 면이 모두 있어서 행운 가득한 나의 피아노 라이프에도 어려운 지점이 있다.

무엇보다 원하는 시간에 원하는 만큼 칠 수 없다. 카페 손님들에게 소음을 들려 주지 않으려면 영업시간 이외에는 살금살금 쳐야 한다.

게다가 카페를 통째로 빌린 사람이 있거나 이벤트가 있으면 연습하고 싶어도 할 수 없다. 어렸을 때라면 '연습 안 해도 되는 이유가 생겼잖아! 아싸!'라고 생각했겠지만, 시간이 아까워서 초조한 지금의 내게는 고문이다. 그러나 투덜거릴 처지도 못 되니 그냥 '연습할 수 있는 날을 더욱 소중하게 여기고, 집중해서 임하라'며 신이 내려준 시련이라고 자신을 타이른다. 하지만 마음의 수행이 부족한 탓에 그런 날에는 근처의 저택에서 피아노 소리가 들리면 부러워서 나도 모르게 멈춰 선다.

더부살이 피아노 생활의 재미

이 '더부살이 피아노 생활'에 약간의 수고로움은 있지만 그 이상으로 다양한 만남과 재미로 가득하다는 사실을 최근에 깨닫기 시작했다.

내 피아노가 없다 보니 언제 이 행운을 잃을지 모른다는 위기감을 잊은 적이 없었고, 칠 수 있을 때 쳐 둬야 한다며 어디를 가든 피아노를 찾는 일이 습관이 되었다. 출장이나 여행을 가서도 먼저 피아노를 대여해 주는 장소를 찾는다. 그런데 이 과정이 꽤 즐겁다. 가격도 제각각에 피아노도 제각각. 그중에는 개인 집의 피아노를 빌려주는 사람도 있어서 디아파손DIAPASON이니 아폴로APOLLO이니 낯선 브랜드의 오래된 피아노를 칠 기회가 많았다.

하지만 이것도 도시에서나 가능한 일이라 시골에는 스튜디오 같은 장소가 없어서 포기하는 수밖에 없었다. 그런데 어느 날 시골 친구 집에 놀러 갔다가 두터운 덮개가 덮인 익숙한 형태의 커다란 물체를 목격했다. 이, 이것은… 오래된 업라이트피아노가 틀림없다! 그래서 작정을 하고 찾아보니 시골의 단독주택에는 어디에 가든지 반드시 집마다 한 대의 피아노가 있었다. 옛날에 자녀가 치던 피아노는 자녀가 성장해서 집을 떠난 후에도 그대로 남아 있었다.

그래서 조심스럽게 '피아노를 쳐도 될까요?' 하고 물으면 대부분은 흔쾌히 허락해 준다.

이 피아노들에 또 전부 재미있는 사연이 있다. 몇 년이나 사용하지 않았다는 말을 들으며 뚜껑을 열면 매직펜으로 '도레미'라고 적힌 건반을 발견하기도 하고, 빙글빙글 돌려서

높이를 조정하는 정겨운 벨벳 의자를 만나기도 한다. 보존
상태도 제각각이어서 치는 사람이 없어도 정기적으로 조율
을 받는 피아노가 있는가 하면 오랫동안 방치된 피아노도 있
다. 어느 오래된 온천 여관에서는 "벌써 몇 년이나 조율한 적
이 없는데요"라는 주인의 말에, "괜찮습니다, 전혀 상관없습
니다"라고 대답하며 건반을 눌렀다가 깜짝 놀란 적이 있다.
현이 너무 늘어나서 마치 톱을 연주하는 것 같은 소리가 났
다. 여하튼 모든 피아노에는 가족의 추억이나 그곳의 역사가
느껴져서 너욱 정중하게 진심으로 연주하게 된다. 그러면 서
툰 피아노 실력에도 의외로 기뻐해 주면서 다음에 또 와서
연주해 달라고 청한다.

　이러저런 경험을 하는 동안 묘한 기분이 들었다.

　나만큼 다양한 장소에서 다양한 피아노를 친 사람은 없지
않을까? 물론 세계적으로 활약하는 피아니스트는 스타인웨
이Steinway & Sons나 뵈젠도르퍼Bösendorfer Klavierfabrik 등의 온갖 명
품 피아노를 치겠지만, 시골의 개인 주택에 잠들어 있는 피
아노나 오래된 여관에서 먼지를 뒤집어쓴 피아노까지 쳐 본
사람은 세계에 어쩌면 나뿐이지 않을까.

남몰래 해외 데뷔

세계에서 나뿐이라고 한 이유는 사실 남몰래 해외 데뷔도 했기 때문이다. 업무상 서울을 방문한 때였다. 그때 초대해 준 출판사 직원 분에게 "피아노 스튜디오가 있으면 비는 시간에 연습하고 싶다"고 하자, 그분이 "그러면 우리 회사 카페에 피아노가 있으니 그곳을 이용하면 어떻겠느냐"고 제안해 신이 나서 들른 적이 있었다. 거기까지는 좋았는데 카페는 예상 밖으로 큰 데다가 손님으로 가득했다. 환경에 동요한 나는 분명히 외우고 있는 곡을 연주했는데도 도중에 생각이 나지 않아서 당황했다. 그 바람에 카페 안은 조마조마한 분위기가 만연했는데 당연히 갈수록 나는 더 동요했고, 그렇게 나의 아시아 데뷔는 참패로 끝났다. 그런데 그 한심스러운 상황이 너무 재밌기도 해서 그때 '내 맘대로 피아노 월드투어'라는 아이디어를 떠올렸다.

피아노는 세계 어디에든 있다. 프랑스 리옹에 2주 정도 여행을 갔을 때, 우연히 리옹역에 놓인 멋진 그랜드피아노를 발견했다. 어느 프랑스 청년이 모차르트의 〈터키행진곡〉을 무척 박력 있게 치고 있었는데, 이게 바로 아무나 자유롭게 칠 수 있다는 스트리트 피아노구나 싶어 설렜다. 하지만 그때는 피아노를 시작한 지 얼마 되지 않았고, 수줍음 많은 일

{ tip }

본인으로서는 설마 그 〈터키행진곡〉 뒤에 나도 쳐 봐야겠다는 생각조차 하지 못했다.

귀국한 뒤 요네즈 선생님에게 그 이야기를 하자 "그러면 다음부터는 리옹역에서 연습이에요!" 라고 실없는 소리를 했다. 농담으로 흘려보냈지만, 그 이후 다양한 장소에서 과감하게 피아노를 치다 보니 '그것도 가능하지 않을까' 하고 기대하게 되었다.

그 후 핀란드의 투르쿠로 여행을 갔을 때는 '유럽 데뷔'를 목표로, 일부러 투르쿠역을 찾아서 얼어붙은 겨울의 쓸쓸한 거리를 몇 십 분이나 터벅터벅 걸어갔다. 그러나 작은 역사에는 작은 매점만 동그마니 있을 뿐 피아노는 없었다. 이후 번화가 중심에 위치한 대형 교회에 멋진 그랜드피아노가 있다는 정보를 알아냈지만, '만지지 마세요'라는 경고 문구가 붙어 있었다. 그도 그럴 것이, 신성한 교회에서 이제 막 피아노를 배우기 시작한 초보자가 서툰 실력으로 피아노 연주를 선보였다가는 하느님도 깜짝 놀랄 것이다.

결국 유럽 데뷔를 포기하고 귀국하는 날. 투르쿠공항에 갔더니 '자유롭게 연주하세요'라고 적힌 꿈의 스트리트 피아노가 놓여 있었다. 마침내 때가 온 것인가! 이렇게 된 이상 용기를 내서 치는 수밖에 없다고 결심을 하고서 피아노 앞에 앉아 조심스럽게 건반을 눌렀지만 소리가 나지 않았다. 자세히 보니 전자피아노였고 전원 스위치가 꺼져 있는 듯했다. 하지만 전자피아노는 다뤄 본 적 없는 나로서는 아무리 봐도 스위치를 찾을 수 없었고, 탑승 시간이 다 된 바람에 포기할 수밖에 없었다.

이렇게 해서 나의 유럽 데뷔는 미뤄지게 되었다.

피아노를 치는 사람이 한 명이라도 늘어난다면

이야기가 딴 길로 샜지만 결국 내가 하고 싶은 말은, 내가 피아노를 가지지 않은 덕에 세계의 정말 다양한 피아노와 만날 수 있었고 앞으로도 그럴 수 있다는 것이다.

피아노가 있었다면 나도 절대 시도하지 않았을 일이다.

그 과정이 즐겁기도 하지만 상당히 힘겹기도 하다. 특히 잘 치지도 못하는 주제에 "피아노를 쳐도 될까요?"라고 묻는 뻔뻔함! 의아한 표정으로 거절하는 경우도 있었는데 그건 그것대로 힘들었고, 흔쾌히 허락해도 "어머 고맙습니다, 그러면…" 하고선 느려터지고 어설픈 피아노를 당당하게 치는 일도 쉽지는 않다.

하지만 그럼에도 이 더부살이 방식을 멈출 수 없다고 생각하는 이유는 필사적으로 서툰 피아노 연주를 끝낸 후 내 연

{ tip }

주를 들은 주인이 건네는 "역시 피아노는 좋네요!" 라는 한 마디 때문이다. 물론 내 연주가 훌륭해서가 아니라 '악기가 내는 소리'의 본질적인 아름다움, 오랫동안 잠들어 있던 피아노가 깨어나 설레는 마음, 그리고 무엇보다 그 피아노가 날마다 울리던 때의 그리운 추억이 생생하게 되살아나기 때문이라고 생각한다. 이런 이유로 뜻밖에도 정말로 많은 사람이 "역시 피아노는 좋네요!"라고 말해 준다. 나의 연주가 계기가 되어 다시 한번 피아노를 쳐 볼까 하는 사람이 한 사람이라도 생긴다면 정말로 멋질 것이다.

사실 최근에는, 그것이야말로 온갖 신기한 인연 덕에 피아노 연습을 다시 시작하게 된 내가 가져야 할 사명이 아닐까 하는 몽상을 하게 되었다.

여하튼 조사한 바에 따르면 일본에서는 세대의 4분의 1이 피아노를 소유하고 있다고 한다. 요즘 세상에 피아노를 치는 사람이 그리 많지 않다는 사실을 고려하면 그 대부분의 피아노는 잠들어 있다는 이야기다. 아깝지 않은가. 해 보면 알겠지만, 악기를 연주한다는 것은 인생의 영원한 친구를 얻는 일이다. 설령 지금 자신의 삶이 아무리 힘들고 세상의 모든 것이 적으로 보인다고 해도, 세상은 이렇게 아름답다고, 살 만한 가치가 있다고 생각하게 만드는 마법 같은 존재다. 피아노를 치는 사람이 한 사람이라도 늘어난다면 세상은 좀더 평화롭고 즐겁고 활기로 가득할 것 같다.

이렇게 해서 나는 오늘도 남몰래 '더부살이 월드 투어'를 감행하고 있다.

5악장

피아노 치는 할머니가 될래

78세 거장 피아니스트

신종 코로나 바이러스의 변이가 맹위를 떨치면서 감염이 어디까지 확산될지 아무도 예측할 수 없었던 2021년 여름. 나는 오랜만에 지하철을 타고 도쿄 아카사카의 산토리 홀로 향했다. 세계적인 음악가 다니엘 바렌보임^{Daniel Barenboim} ◆의 피아노 리사이틀에 가기 위해서다.

솔직히 말하면 이렇게 피아노에 열심이면서도 요네즈 선생님의 콘서트를 제외하고는 피아노 리사이틀 같은 공연에 간 적이 거의 없다. 밖에 나가기 싫어하는 성격 탓도 있고 선생님의 콘서트로 충분히 만족하기 때문이다. 하지만 이 리사

◆ 1942~ 이스라엘의 피아니스트, 지휘자. 현대 음악계의 거장으로 불린다.

이틀만은 어떻게 해서든 가고 싶었다.

이유는 두 가지인데,

하나는 전부터 바렌보임 씨에게 흥미가 많았기 때문이다.

우연히 읽은 신문 기사가 계기였다. 바렌보임 씨는 이스라엘 국적의 유대인이지만, 팔레스타인에 대한 이스라엘의 군사 공격에 공개적으로 반대하는 발언을 할 정도로 호기로운 인물이었다.

작금의 일본에서는 예능인이 조금이라도 정치적인 발언을 하면 뭇매를 맞는다. 사정은 다르지만 어느 나라든 정치적인 발언을 하는 예술가 대부분은 많은 것을 잃곤 한다. 더구나 팔레스타인 문제는 일본의 정치 문제 따위와는 비교도 되지 않을 정도로 크다. 복잡하고 기나긴 역사가 얽혀 있어서 웬만해서는 해결할 수 없는 피로 얼룩진 정치 문제다. 그 문제를 회피하지 않고 증오의 고리를 끊어야 한다고 소신 있게 발언하는 그의 용기와 국가에 대한 사랑에, 나는 놀라지 않을 수 없었다.

바렌보임 씨의 더욱 대단한 점은 음악을 통해 팔레스타인과의 대화를 이어 간다는 데 있다. 팔레스타인 친구와 관현악단을 창설하고 이스라엘, 아랍, 이란의 청년 연주자를 모아 연주 활동을 한다. '우리가 믿는 것은 단 하나, 군사적인

해결도 정치적인 해결도 아닌, 오로지 음악과 우정과 논의를 통한 인간적 해결뿐이다.'

우와, 대단하다! 대단해! 세상에는 유명인이나 재능 있는 사람이 수없이 많다. 그러나 그중에서 자신의 이름이나 재능을 세상을 위해 인류를 위해 쓰려는 사람이 얼마나 있을까. 아니, 생각해 보면 유명인이건 무명인이건 마찬가지다. 중요한 것은 하느냐 하지 않느냐 뿐이다. 나는 나의 부족함에 대해 생각하며, 바렌보임이라는 사람에 대한 여러 가지 상상을 했다. 그런 그가 일본에 오다니. 하필이면 이렇게 힘든 상황에. 여하튼 나는 바렌보임 씨의 리사이틀에 가야만 했다.

이 끝에 무엇이 기다리고 있을까

그리고 또 한 가지의 이유는,

무례하게 들린다면 죄송하지만, 나는 '늙은 피아니스트'의 연주를 꼭 듣고 싶었다.

바렌보임 씨는 78세다. 무엇을 기준으로 늙었다고 판단할지는 사람마다 다르다. 하지만 지금까지 지겹도록 이야기했듯이, 나는 피아노라는 거대한 존재 앞에서 이미 몸과 뇌의 노화를 날마다 어김없이 실감하고 있다. 일찌감치 늙음과 마주하는 상황에 직면한 것이다. 이렇다 보니 이 끝에 무엇이

기다리고 있을지 늘 고민한다.

젊은 사람이라면 정상을 향해 곧장 올라가면 된다. 미래는 무한하며 몸도 마음도 성장 중이니 부디 그 기세를 타고 더욱 연습해서 더욱 향상하기를. 하지만 인생의 반환점을 지난 자는 그럴 수가 없다. 얼마 남지 않은 시간과 갈수록 저하되는 체력과 뇌력이라는 피하기 힘든 현실 앞에서 아무리 열심히 연습해도 1보 전진, 2보 후퇴하는 꼴이다. 피아노를 좋아하기에 무엇을 목표로 '피아노의 길'을 가야 할지 더욱 막연하기만 하다.

물론 세계적인 피아니스트와 40년 만에 피아노를 다시 시작한 평범한 일본 아줌마를 비교하기엔 하나부터 열까지 비슷한 구석도 없지만, 그럼에도 나이 듦이라는 압도적인 현실 앞에서는 '같은' 것을 찾을 수 있지 않을까? 세계적인 피아니스트라도 예전에는 쉽게 해내던 일을 하지 못하게 됐다거나 기력과 체력이 쇠약해졌음을 느끼기도 할 것이다. 오히려 항상 높은 수준을 추구하는 사람일수록 고민은 더 깊을지도 모른다. 그런 그는 대체 어떤 연주를 할까?

리사이틀의 셋리스트 setlist 도 놓칠 수 없었다. 베토벤이 만년에 작곡한 소나타! 지금 내가 가장 좋아하는 곡들이다. 피아노를 다시 시작했을 무렵에는 〈비창〉이나 〈월광〉, 쇼팽의 경우는 〈이별곡〉 등 작곡가들이 젊고 에너지가 넘치던 시절의 곡에 눈이 갔다. 하지만 최근 들어 좋다고 느끼는 곡은 그들이 만년에 만든 곡들이다. 아마도 우연은 아닐 것이다. 다양한 곡을 접할수록 점점, 만년을 앞에 둔 내게는 아무래도 그들이 만년에 가졌던 생각이 마음 깊이 스며드는 것이리라. 산뜻한 기쁨과 희망과 분노를 표출하기보다 여러 가지 일들이 있었지만 모든 것을 용서하자고 말을 거는 듯한데, 그 마음이 느껴지고 이해되는 듯하다.

그 소나타를 인생의 만년에 접어든 바렌보임 씨가 연주한다고 하니 이 리사이틀은 어떻게 해서라도 가야 하지 않겠는가.

살아 있는 전설이 눈앞에

처음 발을 디뎌본 대강당은 당연히 만원이었다. 모두 어떤 사람들일지 궁금해서 둘러보아도 젊은 사람부터 어르신까지 다양해서 겉모습만으로는 파악할 수 없었다. 바렌보임 씨의 팬일까? 이들 중 피아노를 치는 사람은 많을까? 여하튼 코로나가 한창 기승을 부리는 이 시국에도 많은 사람이 모였다는 사실에 압도당했다.

그리고 마침내 바렌보임 씨가 무대 위로 천천히 등장했다.

아, 진짜 바렌보임 씨가 눈앞에! 가장 먼저 그 생각으로 가슴이 벅차올랐다. 세계적인 거장 피아니스트! 살아 있는 전설! 그가 정말로 와 주었다는 사실이, 정말로 눈앞에 나타났다는 사실이 왠지 믿어지지 않았다.

바렌보임 씨는 정말로 선해 보인다. 살짝 통통한 몸을 턱시도로 감싼 그는 우레처럼 쏟아지는 박수에 생글생글 미소 지으며 천천히 시간을 들여 무대를 한 바퀴 돌았다. 무대를 360도로 둘러싼 객석을 가득 메운 사람들 앞에 일일이 멈춰 서서 한 사람 한 사람을 전부 응시하려는 듯 웃는 얼굴로 손을 높이 들어 흔들고, 가슴에 손을 얹으며 감동을 표하고, 고개를 깊이 숙여 인사한다. 연주는 아직 시작도 안 했는데 공연장은 이미 뜨겁게 달아오른다.

그 광경만으로도 눈물이 흘러나왔다.

나는 대번에 알 수 있었다. 이 사람은 우리에게 무언가를 전하려고 이곳에 왔다는 것을. 노구에도 불구하고, 이 세계적인 위기에도 반드시 전해야만 하는 무언가를 가슴에 품고 이곳에 왔다. 그의 역사, 활동, 사상, 그리고 그의 현재. 바렌보임 씨는 그 모든 것을 온몸으로 끌어안고 지금 이곳에 서 있다.

거장 피아니스트의 연주

그는 천천히 피아노 앞에 앉아 조용히 미끄러지듯 베토벤 피아노 소나타 제30번 1악장 도입부의 청아한 아르페지오를 연주하기 시작했다.

무척이나 느긋한 소나타였다. 한 음 한 음을 음미하는 듯했다. 물론 내게 연주를 평론할 자격 같은 건 전혀 없지만, 그가 한 음 한 음을 무척이나 소중하게, 놀라움과 자비를 갖고 연주하고 있다는 사실이 처음부터 분명히 전해졌다. 그가 한 음을 연주할 때마다 듣고 있는 나도 이 곡의 아름다움에 신선한 놀라움을 느꼈다. 마치 그가 우리 한 사람 한 사람을 베토벤의 마음속으로 안내하는 듯했다.

그의 연주에는 가슴에 쿵하고 떨어지는 무언가가 있었다.

솔직히 나는, 세계적인 피아니스트의 리사이틀이라고 하면 관객에게 놀라운 기교를 자유자재로 선보이는 자리라고 당연하게 생각했다. 그래서 한편으로는 '늙은 피아니스트의 솜씨 좀 볼까' 하는 마음이 없지 않았다. 하지만 내 예상을 완전히 빗나갔다. 이상한 표현이지만 그는 '목숨을 걸고' 연주하고 있었다. 베토벤의 마음과 그 음악이 지닌 아름다움에 누구보다 깊은 감동을 받은 바렌보임 씨는 자신이 느낀 생생한 감동을 우리에게 죽을힘을 다해 전하고 있다. 대단한 일이다. 7세에 프로로 데뷔한 그는 지금까지 이 곡을 몇 번이나 연주했을까? 하지만 그는 지금도 여전히 신선한 감동을 담아 이 소나타를 연주하고 있다. 더욱 깊게, 좀더 깊게 표현하려고 진지하다. 그렇기 때문에 우리도 도저히 귀를 뗄 수 없다.

그렇구나. 이렇게 연주하면 된다. 아니, 이래야 한다.

나는 언젠가부터 피아노를 배우는 이상, 언젠가는 '능숙하게' 칠 수 있어야 한다고 당연하게 생각했다. 그래서 내 나이를, 그리고 앞으로 나이가 들어갈 것을 두려워했다. 하지만 정말로 중요한 건 능숙한 연주가 아니라 곡을 향한 풋풋한 사랑을 유지하는 것 아닐까. 아무리 나이를 먹는대도 그 사랑을 계속 품을 수 있는지 없는지가 더 중요하다면….

문득 정신을 차리고 보니 깊은 안도감이 나를 감쌌다. 무대에서는 바렌보임 씨가 건반을 소중하게 애무하듯 최후의 소나타를 연주하고 있다. 리듬도 멜로디도 어디에서 시작해서 어디로 가는지 알 수 없는, 모든 것이 끝없이 녹아드는 듯한 영원의 트레몰로^{tremolo}◆를.

고난의 연속인 인생에도 사람을 사랑하고 자연을 사랑한 베토벤이 '고마워', '안녕', '잘 가'라고 말하는 목소리가 들리

◆ 음이나 화음을 빨리 규칙적으로 떨리는 듯이 되풀이하는 주법.

는 것만 같다.

바렌보임 씨는 그것을 우리에게 전해 주기 위해 왔다고 생각했다. 세상은 언제든 아름답고 강한 것으로 넘쳐나고 있다고. 그러니까 다 괜찮다고.

나의 노후 피아노 계획

이 책을 처음 쓸 때, 나는 이런 마음이있다.

40년 만의 피아노에는 내 노후가 달렸다고.

그렇다. 나는 나이가 들어도 꾸준하게 노력하면 못 할 일은 없다는 것을 나 자신에게 증명해 보이고 싶었다. 아무리 나이가 들어도 무엇이든 하면 된다면 나이를 먹는 일 따위가 두렵지 않을 거라고. 중요한 것은 하느냐 하지 않느냐 뿐이니까.

그래서 물론 했다, 아주 꾸준하게! 정확히는 '꾸준하게'를 넘어서 아득바득 임했다. 눈에 쌍심지를 켜고. 그것도 매일, 몇 시간씩이나. 그렇게까지 하게 된 이유는 연습 첫날부터 이미 꾸준하게 하는 정도의 적당한 노력으로는 아주 작은 목표조차 달성할 수 없다는 사실을 절감했기 때문이다. 비가 오든지 바람이 불든지 날마다 몇 시간씩 요란하게 연습해야 간신히 '아주 조금' 발전하는 것이 어른의 피아노였다.

처음에 생각했던 것과 많이 달랐다.

그래도 여기까지는 괜찮았다. 예상을 한참 넘어선 시간과 에너지가 필요했지만, 조금씩이라도 발전한다면 처음 계획한 범위 내라고 생각 못 할 것도 없었다. 마이크로 단위라도 발전은 발전이다.

하지만 신은 가혹하다. 얼마 지나지 않아 일이 그리 단순하지 않음을 내게 일깨워 주었다. 도를 넘은 노력에 늙은 몸은 맥없이 고장이 났고 노력 자체를 중단할 수밖에 없었다. 서둘러 알아보니 고장의 원인으로 몸의 노화뿐만 아니라 뇌의 노화도 작용하고 있었다. 노후를 지탱해 주리라 믿었던 나의 달콤한 피아노 계획에는 분명하게 먹구름이 드리워졌지만 그래도 나는 굴하지 않았다.

'몸에 부담을 주지 않는 연주법'을 내 나름 연구했으며, 피아니스트 대상의 두뇌 트레이닝도 시작했다. 그러니까 아무것도 달성하지 못할 가능성이 크다고 해도 변함없는 노력을 계속하기로 결단했다.

피아노가 열어 준 뜻밖의 세계

현실의 혹독함을 톡톡히 깨닫고 있었지만 그래도 피아노 앞에 앉는 일이 싫지 않았다. 어제 그랬듯 오늘도 기쁜 마음으로 피아노를 향해 종종걸음으로 달려가, 몸을 숙여 무거운 피아노 뚜껑을 열고 힘차게 의자에 앉는다.

그리고 노안을 찡그려가며 악보를 노려보고 어설프든 어떻든 하나의 악구, 하나의 화음을 친다. 그것만으로도 매일 감동의 연속이다. 내가 낸 소리에 영혼이 진동한다.

이는 예상도 못한 일이었다. 피아노 연습은, 현대인 누구나 인생의 유일한 가치로 믿고 있는 '결과물을 내어 사회의 인정을 받는다'는 것과는 전혀 별개의 일이었다. 여기엔 성공도 실패도, 위아래도 없다. 아무리 평범한 사람도 사기 내면 어딘가에 감춰진 아름다움에 자기 손으로 직접 불을 지필 수 있다.

그 사실을 깨닫고 나니 틈만 나면 피아노 앞에 앉지 않고는 배길 수 없었다. 일이 잘 풀리지 않거나 소중한 사람에게 배신을 당했을 때도 피아노 앞에 앉으면 행복과 안도감을 느꼈다.

하지만 그렇게 인생을 송두리째 도둑맞았다고 할 만큼 피아노에 기꺼이 시간을 바치면서도 한편으로는 그만큼 실력이 늘지 않아 슬펐다.

그리고 또 다른 두려움은 지나친 긴장감으로 인해 발현된 손 통증이다. 불안한 마음에 병원에 가면 여성호르몬의 저하라거나 류머티즘의 가능성 등 또다시 노화라는 강적에 부딪혀 심장이 덜컹 내려앉았다. 다행히도 닥터스톱◆까지는 가지 않고 기특하게도 연습을 계속하고 있지만, 이 나이가 되면 언제 어떻게 될지 알 수 없다는 각오를 해야 한다는 사실을 통감하자 등골이 오싹해진다.

나는 앞으로 얼마나 더 살 수 있을까? 피아노를 얼마나 더 칠 수 있을까? 내가 원하는 곡을 칠 수 있는 날이 올까? 그리고 언젠가는 제대로 칠 수 있는 날이 올까?

나는 어디로 가고 싶은 걸까?

하지만 '3년이면 돌의 마음도 움직인다'고 하지 않는가. 피아노를 다시 시작한 지 3년이 될 무렵, 나는 '피아노는 좋지만 괴롭다'는 이 영원의 딜레마를 벗어나게 해 줄 획기적인 연습 방법을 터득했다!

물론 이전에도 획기적인 방법이라고 생각했다가 효과가 없어서 내동댕이친 적이 헤아릴 수 없이 많았기에 이번에도 그럴 거라는 의심이 전혀 없는 건 아니다. 하지만 감히 단언

◆ 권투에서, 더 이상 경기를 진행할 수 없을 정도로 선수의 부상이 심할 경우, 의사가 심판에게 말하여 경기를 끝맺는 일.

컨대 이번만은 다를 듯한 느낌이 든다.

그래서 지금의 내가 다다른 작은 '희망'에 대한 이야기로 이 책을 마무리하고자 한다.

앞에서도 말했듯이 아무리 서툴러도 악보의 지시에 따라 건반을 눌러 그 짧은 선율을 연주한 순간에는 늘 내가 낸 소리에 '아름답다'라며 감동한다.

과장 아닌 사실이다.

여기까지는 좋다. 더 없이 행복하다.

그런데 한 음이 두 음이 되고 멜로디가 되고 나아가 양손을 동시에 치는 상황이 되면 더 이상은 힘들어진다. 모든 것이 무너진다. 틀리지 않게 건반을 눌러야 하고, 소리의 균형도 맞춰야 하고, 템포도 일정해야 하고…. 신경을 써야 할 부분이 끝도 없어서 황홀하기는커녕 아름다움을 느낄 여유도 없이 그저 악보를 따라 치려 골몰한다.

사실은 그렇게 잔뜩 힘을 주면서 필사적으로 치는 게 아니라, 자연스럽고 편안하게 내가 생각하는 대로 아름답게 치고 싶다. 언젠가는 그런 날이 오기를 계속 꿈꾼다. 하지만 이대로라면 아무리 시간이 흘러도 그런 경지에 다다를 것 같지 않다. 결국은 죽을 때까지 제자리인 건 아닐까 하는 합리적

의심에 빠질 수밖에 없다.

그러다가 문득 생각했다.

나는 대체 어디로 가고 싶은 걸까?

알쏭달쏭한 이야기다. 나는 피아노 앞에 앉으면 늘 즐겁다. 아주 조금이라도 아름다운 음악을 연주할 수 있다는 사실이 기쁘기 때문이다.

그렇다면 그걸로 만족할 수 있지 않을까?

그런데 왜 어딘가로 가려고 할까? 자꾸만 앞으로 가려고 하니까 아름다움에서 점점 멀어진다. 그러면 앞으로 나가겠다는 생각을 그만두면 되지 않을까? 어차피 아무 데도 가지 못할 테니 그럴 바에는 지금 여기, 이 순간을 즐기면 되지 않겠는가.

이 정도로 충분하다

그렇다. 여섯 페이지의 악보를 전부 치려고 하지 않아도 된다. 한 페이지, 아니 반 페이지라도, 아니 네 소절도 좋다. 그 정도라면 내가 생각한 대로 즐겁게 칠 수 있다. 안 되면 되도록 연습하면 된다. 한 시간을 들여 한 소절을 아름답게 연주하는 것이 바로 연습이 아닐까? 물론 이런 식으로 연습하면 진도가 지지부진하겠지만, 어차피 어디에도 못 가는데 그런 것을 신경 쓸 필요가 어디 있겠는가.

설령 아주 조금일지언정 아름답게 쳤다면 그것으로 만족하면 된다. 인생 후반전의 삶에는 '내일'이 없다. 그렇다면 내일이 없다고 생각하고 행동하면 된다. 미래가 아닌 지금 이곳에 집중하는 것이다.

획기적인 발상의 전환이 아닌가.

새로운 마음으로 딱 네 소절을 한 손씩 진지하게 쳐 보니, 그간 치기 힘들었던 이유는 곡이 아니라 자신에게 있었음을 알 수 있었다. 손가락에 쓸데없이 힘을 주기도 하고, 불필요한 동작을 하기도 하고, 겁을 먹고 소심하게 건반을 누르기도 하는 등등. 하나하나 가시를 뽑듯 그 여분의 동작과 힘을 제거해 간다. 그 과정을 해내려니 확실히 한 소절에 한 시간이 걸리는 경우도 적지 않았다.

막상 해 보니 지나칠 정도로 비효율적인 점도 의외로 신경 쓰이지 않았다. 조급해하지 않고 침착하게 아주 작은 것에도 마음을 기울이며 연습하다 보니 서서히 편하고 자유롭게 칠 수 있게 되었다. 그리고 내가 낸 소리라고 믿기 힘든 아름다운 선율이, 그 멋진 순간이 매번 흘러나왔다.

연습이란 이런 거였구나!

연습이란 나를 발굴하는 작업이다. 딱딱한 콘크리트를 부

수고 그 안의 자갈을 꺼내듯, 허영심이니 사회적 체면이니 편견 같은 딱딱한 덮개를 천천히 벗겨 내고 그 속에 잠들어 있던 언뜻 평범한, 하지만 세상에 하나밖에 없는 나를 꺼내는 작업이다.

그래, 이거면 충분했던 것이다.

조급해하지 않고, 부족한 자신을 인정하고, 끈기 있게 조금씩 발굴한다. 그 속에서 작은 무언가라도 발견한다면, 예컨대 단 한 소절이라도 자연스럽게 칠 수 있게 된다면 그것이 나의 도달점이다. 그리고 만약 내가 내일도 살아 있다면 내일도 다시 과정을 반복하면 된다. 그 과정을 끝없이 쌓아 가면 언젠가는 여섯 페이지의 곡을 '연주'할 수 있게 될지도 모른다. 하지만 그러지 못한다고 해도 슬퍼할 일은 아니다. 그 전에는 몰랐던 진정한 나를 매일 만날 수 있으니 더 이상 무엇이 필요하랴.

지금 이 순간 즐겁게

어떠한가, 제법 멋진 이야기가 아닌가.

무엇보다 멋진 점은 앞으로 아무리 나이가 들고 체력과 능력이 쇠약해져도, 실력이 조금도 늘지 않았다거나 실력이 오히려 줄었다고 해서 한탄하고 좌절할 걱정은 전혀 없다는 것이다.

쇠약해졌다면 그만큼 연습 목표를 낮추면 된다. 네 소절이 힘들면 한 소절, 한 소절도 힘들면 한 음, 그것도 힘들면 한 손으로. 차츰 목표를 낮추면 된다. 단 한 음을 오른손으로 아름답게 친다. 그 정도라면 90살이든 100살이든 가능하지 않을까. 사실 그보다는 한 음을 아름답게 치고 싶다는 열정을 품는 것 자체로 충분히 대단하다. 결국 마지막은 열정의 문제다. 열정이 있으면 못 할 것은 없다. 음악을 아름답다고 느끼는 마음만 유지할 수 있다면 나는 언제까지나 피아노의 도달점에 다가설 수 있다.

그래, 이것으로 충분하다. 이는 분명 피아노에만 국한되는 이야기는 아닐 것이다. 앞으로는 목표도 야망도 손에서 놓을 것이다. 그보다는 작은 한순간에 걸 것이다. 지금 이 순간에 걸 것이다. 그럴 때 비로소 살아 있는 나 자신을 조우할 수 있을 것이다. 생각지도 못한 모습이 나에게서 나타날 때, 그런 스스로를 인정하면 된다.

젊은 사람은 목표를 높게 갖고 그 목표를 향해 전진하면 된다. 하지만 노인은 다르다. 멀리 있는 목표를 보지 않고 지금 눈앞에 있는 아주 작은 일에 전력을 다한다. 야망을 품지 않고 지금을 즐긴다. 자신을 믿고, 사람을 믿고, 세계를 믿고,

지금을 즐긴다. 여기에 생각지도 못한 아름다움이 있다. 그것을 그저 즐기면 되지 않을까.

노인은 현재에 모든 것을 걸어야 한다.

어느 겨울 밤, 뜻밖의 부고를 받았다. 나의 피아노 도전기를 연재하고 있는 잡지 『쇼팽』을 발행하는 한나출판사의 나이토 회장님이 돌아가셨다는 부고였다. 늘 힘차고 활력이 넘치는 분이셨기에 놀랄 수밖에 없었고, 나도 모르게 눈물이 나왔다.

왜 눈물이 나는 걸까. 나는 회장님의 91년 인생에 대해 아는 바가 거의 없지 않은가. 그런데도 내 마음에 쓸쓸한 바람이 분다. 그렇다. 회장님이 안 계셨다면 지금의 나도 없다. 노후를 앞에 둔 나의 쓸쓸한 인생에 천사처럼 홀연히 나타나 기적 같은 보물을 놓고 가셨다.

피아노라는 보물을.

제대로 감사의 말을 전해야 했다. 사실 가까운 시일 내에 회장님에게 나의 피아노 연주를 들려줄 모임을 갖자고, 연재 담당자인 가지카와 씨와 논의하던 중이었다. 회장님은 쓰러지신 후 요양 시설에서 생활하셨는데, 그곳에서도 감사하게 나의 연재 글을 즐겁게 읽고 계셨던 모양이다. 면회를 갔던 가지카와 씨가 나의 좌충우돌 연주 이야기를 했더니 회장님의 눈빛이 살짝 반짝였다고 한다. "연주를 들려주면 분명히 기뻐하실 겁니다"라고 가지카와 씨가 말했다.

나도 모르게 웃음이 터졌다. 성마른 회장님 성격을 떠올렸던 것이다. 그런 이야기가 나온 이상 회장님은 "대체 언제 할 거야!" 하며 온갖 사람들을 재촉할 게 분명하다. 아니, 지금 웃고 있을 때가 아니다. 좀 더 실력을 쌓은 후에 하겠다는 어리광은 전혀 통하지 않을 것이다. 비상사태다. 정말로 비상사태. 진지하게 연습해야 해…. 막 그런 생각을 하던 중 접한 부고였다.

시간을 되돌릴 수는 없다. 알고 있으면서도 늘 중요한 일을 하지 못한다. 그렇게 모든 것이 돌이킬 수 없는 과거로 흘러가 버린다.

그래서 늦었지만 감사의 마음을 담아, 회장님과의 신기한 인연에 대해 이야기하고자 한다. 돌이켜볼 때마다 정말이지 인생은 실로 신기하고 멋지다고 생각한다.

나와 회장님이 만난 것은 약 5년 전. 완전히 우연이었다. 『쇼팽』 편집부 근처에 작은 북카페가 있었고 나도 회장님도 그곳의 단골이었다.

그 할아버지는 처음부터 이상한 존재감을 풍겼다. 내가 창가 자리에 멍하니 앉아 있으면, 휠체어를 타고 늘 돌진하듯 들어왔다. 작은 카페이다 보니 휠체어는 이쪽 테이블, 저쪽 의자에 덜컹덜컹 부딪쳤고, 결국에는 늘 작은 소동이 일었다. 처음에는 뭔가 화나는 일이 있나 생각했는데 그건 아닌 듯했다. 할아버지는 자리에 앉으면 만족스럽게 커피를 마신 후, 다시 여기저기 우당탕탕 부딪히면서 나갔다. 그리고 다시 다음 날에도 우당탕탕 들어왔다.

그분이 전통 있는 피아노 잡지를 발간하는 회사의 회장임을 알게 된 것은 얼마 지나지 않아서였다. 회장님은 정말 다정한 분이었고, 카페에 놓여 있던 내 책을 구입하시면서 사인을 해 달라고까지 했다. 그러더니 "우리 잡지에도 뭔가 연재 글을 실어 주십시오" 했다. 난감했다. 나는 클래식 음악에 대한 지식도 흥미도 식견도 전혀 없었다. 정중하게 거절했지만 회장님은 한발도 물러서지 않았다. 그렇구나. 이 분은 다정하지만 포기를 모르는 완고한 사람이구나. "일기든 뭐든 좋습니다." 아무리 그래도 일기를 쓸 수는 없다며 회장님과

입씨름을 하던 중, 갑자기 내 머릿속에 못된 꾀가 떠올랐다.

그 카페에는 오래된 피아노가 장식품처럼 놓여 있었고, 예전부터 그 피아노를 볼 때마다 내 마음이 술렁였다. 오랫동안 근무하던 신문사를 그만둔 후 시간은 충분했으며, 초등학교 무렵에 배웠던 피아노에 다시 한번 도전해 보고 싶다는 생각을 하고 있었다. 하지만 카페의 피아노인데 함부로 칠 수도 없었고, 선생님도 찾아야 하고… 앗, 그기야!

나는 천천히 말을 꺼냈다.

"회장님. 사실은 제가 어렸을 때 피아노를 배웠는데 연습이 싫어서 그만뒀거든요. 그런데 그 일이 계속 마음에 걸렸어요. 가능하면 다시 한번 배우고 싶어요." 중요한 부분은 지금부터다. "그래서 이 카페의 피아노로 40년 만에 레슨을 받고, 그 과정을 연재하면 어떨까요?", "원고료는 선생님 레슨비와 피아노 사용료를 내주는 걸로 하고요.", "그러니까 회장님 돈으로 선생님을 소개해 주시면…" 그 짧은 순간에 용케도 그런 그림을 그렸다. 탐관오리가 따로 없다. 아무리 생각해도 너무 일방적인 조건이었다.

그런데 회장님은 곧바로 "그거 좋군. 꼭 합시다!"라는 것이 아닌가. "사실, 이 피아노는 내가 가져온 거예요." 네? 그래요? 사정을 들어 보니, 어느 음악학교의 창고에서 폐기 직전이었던 러시아산 낡은 피아노를 2만 엔에 샀다고 한다. "피아노 입장에서는 누군가 연주해 주기를 바랄 겁니다." 카페 주인인 후지사키 씨도 "저도 그 연재를 꼭 읽어 보고 싶네요" 하며 솔깃해했다.

이렇게 해서 나는 피아노도 없으면서 맹랑하게 '공짜'로 피아노를 배우게 되었다. 그뿐이 아니다. 소개받은 선생님은 뜻밖에도 프로 피아니스트였다! 못된 꾀를 냈다고 생각했는데, 어느새 진심으로 피아노 앞에 서야만 하는 상황이 닥쳤다.

눈을 반짝이며 웃는 회장님의 모습이 눈에 선하다.

지금 나는 어느새 턱밑까지 피아노에 빠져 있다.

아무도 없는 카페에서 홀로 피아노 앞에 앉아 노안 대책으로 확대 복사한 선망의 베토벤 소나타 〈월광〉의 악보를 펼치면, 그리고 필사적으로 음표를 좇으며 시원찮은 손가락을 죽어라 건반 위로 미끄러뜨리고 있을 때면 나는 늘 묘한 기분이 든다.

수백 년이나 되는 세월 동안 셀 수 없을 만큼 많은 세계 곳곳의 사람들이 지금의 나처럼 이렇게 피아노를 향해 달려왔다. 인간의 삶은 한정되어 있지만, 나처럼 미숙한 사람부터 훌륭한 연주자까지 그 모든 사람이 릴레이처럼 음악을 이어 왔고 키워 왔기에 지금에 이른 것이다. 내가 피아노를 치는 순간 나는 시간도 공간도 육체도 초월해서 위대한 인류의 역사와 이어진다. 그 거대한 흐름 속에 회장님도 나도 있다.

그렇게 생각하면 괴롭기만 할 뿐 허무해 보이는 인생에도 분명히 의미가 있다는 생각이 든다. 닥쳐올 죽음도 두렵지 않게 느껴진다. 살아 있는 동안에 있는 힘껏 살면 그걸로 충분하다. 그게 바로 행복이다. 나는 그 사실을 피아노를 통해 배웠다.

회장님, 감사했습니다. 진심으로 명복을 빕니다.

도전 곡
일람

◇ 〈반짝반짝 작은 별 변주곡〉 - 모차르트

◇ 왈츠 작품 번호 64의 2번 - 쇼팽

◇ 피아노 소나타 제2번 3악장 〈장송행진곡〉 - 쇼팽

◇ 피아노 소나타 제8번 〈비창〉 2악장 - 베토벤

◇ 〈위로〉 - 리스트

◇ 〈달빛〉 – 드뷔시

◇ 피아노 소나타 제8번 〈비창〉 3악장 - 베토벤

◇ 마주르카 제13번 – 쇼팽

◇ 《서정소곡집 제5집》에서 녹턴 - 그리그

◇ 《6개의 피아노 소품》 제2번 간주곡 - 브람스 Johannes Brahms

◇ 피아노 소나타 제14번 〈월광〉 3악장 – 베토벤

◇ 《5개의 낭만적 소품》에서 로망스 - 시벨리우스 Jean Sibelius

◇ 《평균율 클라비어 1권》 제2번 – 바흐

◇ 피아노 소나타 제12번 – 모차르트

◇ 발라드 제3번 – 쇼팽

◇ 즉흥곡 제3번 – 슈베르트

◇ 《평균율 클라비어 1권》 제5번 – 바흐

◇ 파르티타 제1번 전곡 –바흐

◇ 피아노 소나타 제17번 〈템페스트〉 - 베토벤

◇ 파르티타 제6번 토카타 – 바흐

◇ 녹턴 제17번 – 쇼팽 (연습중)

◇ 피아노 소나타 제30번 3악장 – 베토벤 (연습중)

◇ 《10개의 전주곡》 제4번 – 라흐마니노프 Sergei Rachmaninoff (연습중)

좋아하는
명반 11선

《쇼팽 : 왈츠 전집》알리스 사라 오트

쇼팽의 왈츠에 도전하면서 참고 삼아 들었던 동서고금의 왈츠 중에서, 너무도 특이하고 세련미 넘치는 빛을 발해서 놀라 기절할 뻔 했던 충격적인 명반. 이 음반을 듣고 클래식 피아노를 연주한다는 것이 요즘 말로 하면 '커버 버전'인가 생각하게 된다. 그리그의 곡을 모아 연주한 《Wonderland》도 사라 오트의 신비한 개성이 작열하는 아름다운 앨범.

《Fire On All Sides》제임스 로즈 James Rhodes

'록스타 피아니스트'라는 별칭을 가진 로즈는 자신도 정신병을 앓고 있으면서 다양한 처지에 놓인 어려운 사람들을 위해 연주한다. 그는 피아노를 연주하는 것은 잘하느니 못하느니 같은 하찮은 것이 아니라 사람의 삶에 치유이자 구원이자 희망이라고 가르쳐 준 진정한 나의 록스타다! 그의 선곡도 연주도 자비로움으로 넘쳐서 그의 앨범은 어느 것이든 닳아 없어질 만큼 반복해서 듣고 있다. 《Now Would All Freudians Please Stand Aside》나 라이브 앨범 《Jimmy》에서는 곡이나 작곡가에 대한 로즈의 뜨거운 코멘트(영어지만 노력하면 이해할 수 있다!)도 수록되어 있어서 반드시 들어야 할 앨범.

《꿀벌과 천둥 피아노 전집(완전판)》

피아노에 모든 것을 건 청년들의 아린 삶을 담은 온다 리쿠 씨의 명작 『꿀벌과 천둥』에 나오는 곡을 전부 모은 앨범. 나는 이 앨범 덕에 동서고금의 일류 곡과 일류 피아니스트를 알게 되었다. 개인적으로는 소설을 읽은 후에 앨범을 듣고, 그 후에 다시 한번 소설을 읽는 편이 가장 좋다고 생각한다.

《Bach·kaleidoscope》비킹구르 올라프손 Víkingur Ólafsson

맑은 연주, 맑은 선곡. 올라프손의 손을 거치면 어떤 고전도 생생한 현대의 숨결로 가득한 '새로운 곡'이 되어 버린다. 그래서 그의 앨범이 나올 때마다 마치 좋아하는 팝스타의 신작 앨범이 나오기라도 한 듯 설렌다. 동시대의 압도적인 천재를 만나는 기쁨이여! 《Philip Glass: Piano Works》도 무척 좋아하는 앨범이다.

《Schubert》카티아 부니아티쉬빌리 Khatia Buniatishvili

남몰래 '섹시 언니'라고 부르는 부니아티쉬빌리. 그녀의 외모도 연주도 관능적이기 그지없다. 피아노는 외모로 치는 것이 아니라고 하지만, 피아노 연주에는 연주자의 모든 것이 담겨 있다는 면에서 외모 역시 제외할 수 없는 부분이라는 생각이 든다. 이 슈베르트의 앨범은 즉흥곡 제3번을 듣고, 이전에도 수없이 연주된 곡이 마치 처음 듣는 곡처럼 들렸던 충격을 잊을 수 없어서 나도 도전했다가 따끔한 맛을 보았던 잊지 못할 앨범이다. 《Motherland》의 선곡과 부드러운 연주도 적극 추천.

《Brahms : 10 Intermezzi for Piano》 글렌 굴드

사랑하는 굴드의 수많은 명반 중에서도 가장 내 마음을 흔드는 앨범. '괴짜' 굴드의 순수한 서정성이 가슴 아플 정도로 흘러넘친다.

《My Favorite Chopin》 쓰지이 노부유키 辻井伸行

인생에서 처음으로 완전히 빠진 피아니스트가 쓰지이 씨였다. 그 일관된 '기쁨의 소리'는 그 누구도 흉내 낼 수 없다고 생각한다. 그 소리에 1밀리미터라도 다가가고 싶어서 가끔 눈을 감고 연습한다.

《Great Moments of Vladimir Horowitz live at Carnegie Hall》블라디미르 호로비츠

호로비츠 마니아인 요네즈 선생님의 영향으로 알게 된 음악가. 모든 앨범이 대단하지만, 이 라이브 앨범은 12년 동안의 활동 정지를 거쳐 열게 된 기념할 만한 콘서트 녹음도 수록되어 있다. 바흐의 첫 시작부터 음을 생략하는 대담함에도, 느닷없이 엄청난 박력으로 연주하는 그 담력에도 매번 놀라고 매번 멋대로 용기를 얻고 있다. 86세로 세상을 뜨기 직전에 녹음한 《THE LAST RECORDING》에 실린 놀랍도록 아름

다운 연주도 어른이 되어 피아노를 치는 사람이라면 반드시 들어야 할 앨범.

《c.1300-c.2000》 제레미 덴크 Jeremy Denk

전혀 모르는 피아니스트였는데 애플뮤직을 뒤적이다가 이 앨범을 만났다. 700년에 거친 피아노의 역사를 한 장의 앨범으로 들려주겠다는 대담한 선곡이 재미있다. 그리고 연주도 엄청나게 아름다워서 놀랐다. 특히 필립 글라스 Philip Glass 의 연습곡 제2번!

《Beethoven: The Last Six Piano Sonatas》

피터 제르킨 Peter Serkin

제르킨에 대해서는 무라카미 하루키 씨의 책을 통해 그 성실한 인품과 마치 중급 학습자처럼 우직하게 연습한다는 사실을 알고 곧바로 팬이 되었고, 실제로 연주를 들은 후 더욱 극성 팬이 되었다. 그 성실한 베토벤의 곡을 성실한 제르킨이 연주하면 이렇게까지 사람의 마음을 울리는 음악이 되는구나 하고 감동했다.

《Sibelius In Ainola》 다테노 이즈미 舘野泉

다테노 씨의 연주는 격렬함과 고요함이 있어서 넋을 잃게 된다. 대자연의 격렬함과 고요함이 이런 것인가 싶다. 다테노 씨 자신이 대자연 같은 분이라고 생각한다. 그런 다테노 씨가 북미의 자연을 사랑해 마지않던 시벨리우스의 작품을 연주하니 마치 메아리가 끝없이 울려 퍼지는 듯하다. 연주는 이래야 한다고 늘 생각한다.

피아노 치는 할머니가 될래

1판 1쇄 발행 2022년 11월 15일
1판 3쇄 발행 2023년 1월 17일

지은이 이나가키 에미코
옮긴이 박정임

발행인 양원석 **편집장** 차선화 **책임편집** 이슬기
디자인 남미현, 김미선 **일러스트** 키미앤일이
영업마케팅 윤우성, 박소정, 이현주, 정다은, 백승원 **해외저작권** 함지영

펴낸 곳 ㈜알에이치코리아
주소 서울시 금천구 가산디지털2로 53, 20층 (가산동, 한라시그마밸리)
편집문의 02-6443-8916 **도서문의** 02-6443-8800
홈페이지 http://rhk.co.kr
등록 2004년 1월 15일 제2-3726호

ISBN 978-89-255-7730-2 (03830)